사상의 꽃들 14

반경환 명시감상 18

사상의 꽃들 14

반경환 명시감상 18

지혜

저자서문

시인은 꽃을 가져오는 사람이고, 철학자는 사상(정수精髓)을 가져오는 사람이다. 쇼펜하우어는 시와 철학의 상관관계를 매우 정확하게 알고 있었던 세계적인 사상가였다.

시인의 세계는 상상력의 세계이며, 그가 펼쳐 보이는 세계는 아름답고, 신비로우며, 환상적이다. 여기가 아닌 다른 곳, 그 다른 세계로 우리 인간들을 인도하며, 그의 시세계는 활짝 핀 꽃과도 같은 아름다움을 가져다가 준다.

어떤 시인은 살아 있어도 이미 죽은 것이지만, 어떤 시인은 이미 죽었어도 영원히 살아 있는 것이다.

사상은 시의 씨앗이고, 시는 사상의 꽃이다.

이 사상과 시가 있기 때문에 우리 인간들의 삶은 아름답고 행복한 것이다.

반경환은 무엇을 하는 사람인가? 그는 한국사회의 영원한 이단자이자 파렴치한에 불과하지만, 그러나 하늘을 감

동시키기 위하여 '명시감상'을 온몸으로 쓰는 철학예술가
이다. 철학을 예술의 차원으로 승화시키고, 예술을 철학의
차원으로 승화시킨다는 것은 그의 낙천주의 사상의 목표
이며, 반경환은 이 무거운 짐을 짊어짐으로써 우리 한국인
들을 고급문화인으로 인도하고자 했었던 것이다. 천년, 만
년, 영원히 식지 않는 그의 열정은 하늘을 감동시키고, 언
젠가, 어느 때는 그의 '명시감상'은 수많은 시들보다도 더
욱더 아름다운 사상으로 밤하늘의 별들처럼 빛나게 될 것
이다. 철학예술가라는 낙천주의 사상가, 그는 지혜를 사랑
하는 사람으로서 '나는 신성모독을 범한다, 고로 존재한다'
와 '세계는 나의 범죄의 표상이다, 고로 행복하다'라는 두
개의 명제를 그의 실천철학의 과제로 삼아왔던 것이다. 우
리 한국인들이 해마다 노벨상을 타고 전 인류의 스승들을
배출해낼 수 있는 그날을 위하여 자기 스스로 영원한 이단
자와 파렴치한이 되어야 하는 신성모독자의 삶을 마다하
지 않았던 것이다. 반경환은 자랑스러운 단군의 후예이고,
낙천주의 사상가인 최고급의 홍익인간이다.

　『사상의 꽃들』1, 2, 3, 4, 5, 6, 7, 8, 9, 10, 11, 12, 13권에
이어서『사상의 꽃들』14권을 탄생시켜준 이종민, 박은주,

이선희, 윤경, 이병연, 이용임, 유영삼, 권혁재, 조영심, 김다솜, 최예환, 이혜숙, 유홍준, 김선옥, 조순희, 문태준, 최종월, 김기준, 김석돈, 한현수, 김지요, 손택수, 김재언, 손익태, 이미순, 박정란, 현순애, 현순애, 김정원, 이승애, 한이나, 강익수, 이소연, 박분필, 이영식, 글빛나, 최이근, 이서빈, 박영, 안태희, 나희덕, 유종인, 이진진, 권택용, 이원형, 김군길, 박후기, 나태주, 최윤경, 정선희, 김재언, 손택수, 김선태, 이청미, 이대흠, 허이서, 박영화, 김은정, 권기선, 이병일, 김기택, 강정이, 윤성관 등, 63명의 시인들과 그동안 『반경환 명시감상』을 너무나도 뜨거운 마음으로 사랑해준 독자 여러분들에게 진심으로 감사를 드린다.

좀 더 정확하게 말한다면, 독자 여러분들은 이 책의 저자였고, 나는 독자 여러분들의 시심詩心을 받아 적은 필자에 불과했다.

나는 이 『사상의 꽃들』 14권을 쓰면서, 너무나도 행복했고, 또, 행복했었다.

2023년 여름, '애지愛知의 숲'을 거닐면서…….

목차

5   저자서문

1부

14   이 종 민   주인은 힘이 세다

20   박 은 주   이면지를 끼우다

25   이 선 희   벙어리 시인

29   윤 경   튀밥

36   이 병 연   사구 식물

40   이 용 임   스노우볼

48   유 영 삼   비는 소리를 갖지 않는다

54   권 혁 재   어죽

62   조 영 심   우두커니

69   김 다 솜   약詩

72   최 예 환   말

76   이 혜 숙   시월

81   유 홍 준   지평선

84   김 선 옥   묵란도

90   조 순 희   어린 왕자

2부

96	문 태 준	눈길
101	최 종 월	이름에 대한 명상
107	김 기 준	브이아이피 증후군
113	김 석 돈	갯바람체로 쓰는 편지
119	한 현 수	적는다
123	김 지 요	블루진을 찾습니다
130	손 택 수	고군산군도
135	김 재 언	꽃무릇, 붉다
140	손 익 태	마술의 세계
147	이 미 순	과태료
153	박 정 란	화근
160	현 순 애	곶감을 꿈꾸다
166	현 순 애	봄바람
171	김 정 원	어머니의 무게
177	이 승 애	술 익는 소리
183	한 이 나	이층 바다 교실

3부

190 　강 익 수　　개판

197 　이 소 연　　해고

201 　박 분 필　　양남 주상절리

206 　이 영 식　　이별

209 　글 빛 나　　신神 대합실

213 　최 이 근　　하늘로 간 북극곰

220 　이 서 빈　　지렁이 하혈하는 밤

228 　박 영　　　삼랑진역

234 　안 태 희　　숲발전소

241 　나 희 덕　　줍다

248 　유 종 인　　숲 선생

254 　이 진 진　　바그마티강 암에 걸리다

261 　권 택 용　　해바라기꽃 필 무렵

266 　이 원 형　　내 그것은 중독성 외로움

273 　김 군 길　　꼰대

279 　박 후 기　　풍등시절

4부

286   나 태 주   그리움

291   최 윤 경   별

294   정 선 희   개는 훌륭하다

301   김 재 언   배꼽시계

307   손 택 수   동백에 들다

311   김 선 태   심心

314   이 청 미   모성에 기대다

319   이 대 흠   천관산 억새

326   허 이 서   말무덤

333   박 영 화   오필리아를 위한 파반느

339   김 은 정   짐바브웨 코끼리의 아빠 찾기

347   권 기 선   천사는 사랑이 그리워 우리 집에 온다

353   이 병 일   악기 도서관

359   김 기 택   매몰지

363   강 정 이   바퀴들에 대하여

369   윤 성 관   피 바람

1부

이종민 박은주 이선희 윤 경

이병연 이용임 유영삼 권혁재

조영심 김다솜 최예환 이혜숙

유홍준 김선옥 조순희

이 종 민

주인은 힘이 세다

그 집은 비어 있다 주인은 잠시 떠났다 주인 없는 집에서 주인 있는 옷이 마르고 있다 양말에 달라붙는 건 체모다 주인의 체모와 주인이 아는 사람의 체모다 주인이 돌아다니다가 묻혀 온 체모와 주인이 아는 사람에게 딸려 온 체모도 있다 그 집에는 아무도 없다 주인도 주인이 아는 사람도 모르는 흔적이 있다 그 집은 조용하다 조용한 그 집에는 수많은 체모와 덜 마른 옷가지와 이불의 구겨진 무늬가 있다 나는 그 집을 본다 머리카락이 바닥으로 떨어진다 이름이 생긴다 얼굴이 생긴다 사방에서 주인이 오고 있다 내일을 끌고서 수많은 방을 끌고서 주인이란 누구인가? 첫 번째는 집이나 물건에 대한 소유권을 가지고 있는 사람을 말하고, 두 번째는 학교와 정당과 국가를 움직여 나가는 구성원들(학교의 주인, 정당의 주인, 국가의 주인)을 말한다. 세 번째는 종업원을 고용한 고용주를 말하고, 네 번째는 혼주婚主나 상주喪主처럼 어떤 행사의 손님을 맞이하는 주인을 말한다. 이 밖에도 주인은 백성에 대한 군주를 뜻할 수도 있고, 그 옛날의 아내에 대한 남편의 자격을 뜻할 수도 있다. 한 마디로 주인이란 어떤 대상에 대한 소유권을 가지고 있으며, 그 소유권을 통해서 그의 가족과 이웃들에게 '무엇, 무엇을 하고, 하지 말라'고 명령할 수 있는 사람을 말한다. 그는 자유로운 개인이며, 소유권(영토권) 싸움에서 승리를 한 사람이고, 그의 영역 내에서는 타인들에 대한 생사여탈권을 가지고 있는 사람이라고 할 수가 있다. 이종민 시인의 말대로 주인은 힘이 세고, 주인 없는 집에서도 주인은 사방에서 내일을 끌고 나타난다.

　새들도 집이 있고, 다람쥐도 집이 있다. 물고기도 집이 있고, 거미도 집이 있다. 나무도 집이 있고, 풀들도 집이 있다. 하지만, 그러나 이 세상의 만물들에게 다 집이 있다면 그것은 지구촌의 붕괴를 뜻하는데, 왜냐하면 지구촌의 영토와 자원은 한정되어 있기 때문이다. 오늘도, 지금 이 순간에도 수많은 생명체들이 사생결단식의 영토싸움을 벌이고 있고, 그 결과, 수많은 생명체들이 쫓겨나거나 죽어가고 있다. 수많은 새들과 다람쥐도 죽어가고 있고, 물고기와 거미도 죽어가고 있다. 나무와 풀들도 죽어가고 있고, 벌과 나비들도 죽어가고 있다. 자유에 대한 권리, 생명에 대한 권리, 소유에 대한 권리가 근대 민주주의의 기본 이념이 되었던 것처럼, 반민주주의의 개념인 '소유권'은 오늘날, 지금 이 순간에도 신성시 되고 있는 것이다. 소유권, 즉, 사유재산은 민주주의의 정반대 방향에서 사적인 이기주의와 개인주의에 불과할 수도 있지만, 그러나 사유재산은 너무나도 분명하고 확고한 자기 자신의 영역을 뜻하고 있기 때문이다. 자유와 평등과 소유라는 현대 민주주의의 이념은 너무나도 완벽한 사기와 환상의 토대에 기초해 있으며, 모두가 다같이 집을 소유하고 자기 영역에서 살 수 있는 곳은 이 세상 그 어디에도 없는 것이다.

그 집은 비어 있지만, 그러나 이 집, 저 집을 떠돌아 다니며 사는 부랑자에게는 그림의 떡에 지나지 않는다. 왜냐하면 주인 없는 집이란 주인이 살고 있지 않지만, 그 집 주인이 소유권을 가지고 있고, 따라서 어느 누가 그 집에 들어가 함부로 거주하거나 그 소유권을 가로채 갈 수는 없기 때문이다. 주인 없는 집도 주인이 있고, 그 주인은 그 빈집을 통해서 더 많은 돈을 노리는 다주택 소유자일 수도 있는 것이다. 주인 없는 집에서 주인 있는 옷이 마른다는 것은 시적 화자가 홈리스, 즉, 도시 부랑자이며, 그가 잠시 그 빈집에 들어가 옷을 말리고 있다는 것을 뜻한다. 주인 없는 집에서 양말에 달라붙는 것은 체모(몸털)이고, 이 체모들은 주인의 체모와 주인이 아닌 사람의 체모와 그 밖에 들고 나는 사람들의 체모들이 뒤섞여 있다고 할 수가 있다. 주인 없는 빈집은 조용하고, 이 빈집은 주인의 흔적과 주인이 아는 사람의 흔적, 그리고 주인이 모르는 사람의 흔적이 뒤섞여 있다고 할 수가 있다. 조용한 그 빈집에는 수많은 체모와 덜 마른 옷가지와 이불의 구겨진 무늬가 있다.

시적 화자, 즉, 나는 그 집을 다시 살펴본다. 머리카락이 바닥으로 떨어지고, "이름이 생긴다, 얼굴이 생긴다." 사방에서 주인이 오고, 주인은 내일을 끌고서 수많은 방을 끌고서 나타난다.

그 옛날의 원시공동체에서는 땅을 사고, 가축을 사고, 집을 사도 매매계약서나 등기권리증 같은 것은 작성하지도 않았다. 하늘이 알고, 땅이 알고, 어떤 사람도 거짓말을 하거나 속이려고 하지 않았기 때문이다. 자본주의 사회의 소유권은 그 모든 사물들을 분할하고 규정하며 돈으로 환산해 놓았고, 따라서 매매계약서나 등기권리증을 확보해 놓지 않으면 그 소유권을 인정받을 수가 없게 되어 있다. 고소 고발은 일상생활이 되었고, 어느 누구도 믿을 수가 없게 되었고, 이 소유권 싸움의 승자는 너무나도 크고 엄청난 천자天子의 힘을 소유하게 되었다.

그 옛날의 자그만 섬마을은 서로가 서로를 사랑하고 믿는 공동체 사회였고, 네 것과 내 것의 소유개념이 없었다고 한다. 어느날 갑자기 도시문명의 전기가 들어오고 그 자그만 섬마을의 인심은 너무나도 사납고 무섭게 변했다고 한다. 어느 누구도 그 맛있는 물고기들을 나누어 먹으려고 하지 않으며 냉동보관하기 시작했고, 대문 한 뼘과

담벼락의 경계선을 두고 서로가 서로를 고소하는 소송전을 벌이게 되었다고 한다.

누구나 다같이 집을 소유하고 싶어 하지만, 참된 주인의 길은 생사를 넘어선 혈투 위에 기초해 있다.

이종민 시인의 표현대로, 주인은 힘이 세고, 도시의 부랑자는 살 곳이 없다.

박 은 주
이면지를 끼우다

다시 집어 든 이력서가 무겁다
십 년 빈칸이 너무 넓어
한 줄을 채우기도 버겁다

매일 걷던 길인데 오늘은 유난히 낯설다
남편의 다리처럼 휘어진 도로
거리를 가로지르던 나무도 입을 다물고
낯선 구두에 보도블록이 움찔거린다

문 닫은 상점 유리에 나를 비춰본다
두꺼운 먹구름 아래 뿌옇게 바랜 블라우스
눈썹 끝에 매달린 이슬
누군가 내게 오는 빛을 다 써버려
남은 건 찢어진 바람뿐이다

날 뭐라고 소개할지 헛바닥을 달싹이다
아무렇지 않은 척 입꼬리를 올린다
숨과 숨 사이 끼어있는 사람이
내가 아니어도 상관없다

접어놓은 이름을 다시 펼친다
주름마다 채워진 수많은 낙서
그보다 많은 그림자
반쯤 지워진 얼굴을 넘기며

남은 빈칸을 채우기 위해
립스틱으로 웃음을 그리고
누군가 써준 자기소개서대로
가짜가 된다

그 옛날에는 유년기, 소년기, 청년기, 장년기, 노년기 등의 과정을 통해서 자연에 순응하는 삶을 살아왔지만, 오늘날의 자본주의 사회는 인간의 삶 자체가 상품의 주기와도 똑같다고 할 수가 있다. 학교를 졸업하고 취업을 하면 정품(신제품)이 되고, 과장이 되거나 부장이나 이사가 되면 중고품이 되고, 중간에 실직을 하거나 정년퇴직을 하게 되면 폐품이 된다. 박은주 시인의 「이면지를 끼우다」는 경력단절 여성이 그 "십년의 빈칸"을 메우며 다시 재취업의 전선에 뛰어 든 처절한 절망의 노래라고 할 수가 있다.

　　다시 집어 든 이력서가 무겁고, 십년 빈칸이 너무 넓어 한 줄을 채우기도 버겁다. 매일 걷던 길인데도 오늘 따라 유난히 낯설고, 도로는 남편의 다리처럼 휘어져 있다. 거리를 가로지르던 나무도 입을 다물고, 낯선 구두에 보도블록이 움찔거린다. 문 닫은 상점 유리에 나를 비춰보면 두꺼운 먹구름 아래 뿌옇게 바래 블라우스를 입었고, 눈썹 끝에 매달린 이슬이 너무나도 슬프고 우울하게 실존적인 고뇌를 반영한다.

누군가가 내게 오는 빛을 다 써버렸고, 남은 것은 찢어진 바람뿐이고, 숨과 숨 사이에 끼어있는 사람이 내가 아니어도 상관이 없었다. "날 뭐라고 소개할지 헛바닥을 달싹이다/ 아무렇지 않은 척 입꼬리를" 올려보지만, 그 어떤 비책묘계秘策妙計도 떠오르지 않는다. "접어놓은 이름" 즉, 이력서를 다시 펼쳐 보지만, "주름마다 채워진 수많은 낙서/ 그보다 많은 그림자/ 반쯤 지워진 얼굴을 넘기며// 남은 빈칸을 채우기 위해/ 립스틱으로 웃음을 그리고/ 누군가 써준 자기소개서대로/ 가짜가 된다."

나는 누구인가? 나는 경력단절의 여성이고, 남편과 아이들과 함께 살기 위하여 재취업을 해야만 하는 이면지와도 같은 존재라고 할 수가 있다. 이면지란 앞면은 이미 사용했고, 뒷면은 다시 사용할 수 있는 종이를 말한다. 이면지의 활용은 자원의 절약이고 자연보호의 첫걸음이라고 할 수도 있겠지만, 그러나 좀 더 솔직하게 말해서 이면지는 중고 고물상의 폐품으로 처리되지, 재활용되는 경우는 극히 드물다. 자기 스스로 자기 자신에 대한 무한한 자부심과 긍지를 갖고 있다면 나는 무한한 상한가를 기록할 수도 있겠지만, 그러나 그 반면에, 무한한 자부심과 긍지는커녕 그 어떤 것도 갖고 있지 못하기 때문에 나는 나의 품질보증서(이력서)를 쓸 수가 없었던 것이다.

나는 이면지이고, 폐품이고, 기껏해야 타인이 써준 자기소개서의 가짜 인간(상품)에 지나지 않는다. 하지만, 그러나, 나는 이면지이고, 폐품이고, 가짜 인간이라는 울부짖음이 우리들의 마음을 사로잡고, 이 자본주의 사회에서 속절없이 무너져 가는 우리들을 되돌아 보게 만든다. 농부이든, 양치기이든, 어부이든, 그 옛날의 모든 직업은 영속적이었지만, 자본주의 사회는 초스피드 시대이며, 모든 인간은 태어나자마자 폐기처분될 만큼 낡아버린 것이다. 어느 누구도 자본주의 사회의 변화와 속도를 따라 잡지 못하며, 자기소개서 하나도 제대로 쓸 수 없을 만큼의 가짜 인간(상품)이 되어버린 것이다.

십 년의 빈칸이 너무 넓고, 단 한 줄을 채우기도 버겁다.

변화와 속도는 탐욕이고, 탐욕은 무한한 자본의 자기 증식이고, 자본의 자기 증식 욕망은 빛보다도 더 빠른 속도를 지녔다.

아아, 눈썹 끝에 매달린 이슬이여!

아아, 너의 순수함과 그 무기력함으로 이 황금만능의 시대에 그 무엇을 저어낼 수가 있겠느냐?

이 선 희

벙어리 시인

아가는 운다

배가 고파도

배가 아파도

똥을 싸고 놀라도

아가는 말을 못 해서 운다

우는 것이 아가의 말이다

자라면 울지 않고 말을 할 것이다

나는 시를 쓴다

배가 고파도

배가 아파도

외로워도

두려워도 시를 쓴다

시를 쓰는 것이 말을 하는 것이다

시를 더 많이 쓰면

말 못 하는 시인이 될 것 같다.

'아침에 도道를 들으면 저녁에 죽어도 좋다'라는 공자의 철학에는 전 인류의 스승으로서의 선비의 정신이 들어 있다고 할 수가 있다. 도는 참된 길이고 지혜이며, 우리 인간들은 지혜가 있기 때문에 참된 길을 걸어갈 수가 있는 것이다. 인간의 삶은 얼마나 오래 사느냐에 있지 않고, 그 무엇을 실천하고 완성했느냐에 따라서 그 가치가 결정된다고 할 수가 있다. 하루살이는 오천 년을 하루처럼 살다가 가고, 소나무는 하루의 삶을 오천 년처럼 살다가 간다. 모든 생명체들의 삶은 상대적인 것이며, 그 얼마나 티없이 맑고 정직하게 자기 자신의 행복을 연주했는가가 그 참된 도의 길을 증명해 준다고 해도 틀린 말이 아니다.

시를 쓰는 것은 산다는 것이고, 산다는 것은 시를 쓰는 것이다. 시를 쓰지 않으면 지혜를 얻지 못하고, 지혜를 얻지 못하면 참된 길을 걸어갈 수가 없다. "아가는 운다/ 배가 고파도/ 배가 아파도/ 똥을 싸고 놀라노/ 아가는 말을 못 해서 운다." "우는 것이 아가의 말"이고, 아가는 "자라면 울지 않고 말을 할 것이다." 하지만, 그러나, 시를 쓰지 않으면 말을 하면서도 벙어리가 될 것이고, 그는 돈과 명예와 권력의 노예가 되어서 울게 될 것이다. 돈과 명예와 권력의 노예, 즉, 유아론적인 삶을 벗어나는 길은 시를 쓰는 것이며, 시를 쓰는 것은 아침에 도를 터득하고 참된 길을 걸어가는 것이다.

공자의 말씀대로 "시에는 사악한 생각이 하나도 없다." 이선희 시인은 시를 쓰고, "배가 고파도/ 배가 아파도/ 외로워도/ 두려워도 시를 쓴다." 시는 모든 의식주衣食住의 문제를 다 해결해주고, 시는 모든 고통과 불안과 두려움마저도 다 극복하게 해준다. 왜냐하면 시를 쓰는 것은 말을 하는 것이고, 말을 하는 것은 아름다운 삶과 행복한 삶을 위하여 모든 욕망을 다 비워내는 것이기 때문이다. 그러니까 "시를 더 많이 쓰면/ 말 못 하는 시인이 될 것 같다"는 것은 더 이상 시를 쓰지 못하면 시인으로서의 최종적인 죽음을 맞이하게 된다는 말일 것이다.

아가의 말은 울음이고, 시인의 말은 시이다. 아가도 벙어리이고, 시인도 벙어리이고, 그들은 온몸으로, 온몸으로 시를 쓰며 운다. 이 세상의 일을 하고, 전투를 하고, 문명과 문화를 건설하는 것은 말 못하는 벙어리들이지, 모든 악마마저도 순치시키며 떠들어 대는 돈벌레들이 아니다.

시인은 동시대의 핵심이고, 전 인류의 스승이다.

이선희 시인의 「벙어리 시인」은 붉디 붉은 피로 쓴 가장 이상적인 시인의 최종적인 형태라고 할 수가 있다.

윤 경

튀밥

하루가 적적할 때는
어린 시절을 튀겨본다

장사 가신 어머니를 기다렸던 모퉁이가
강냉이처럼 껍질 밖으로 터져 나온다
기다림은 목마름이라는 걸
이때 알았다.

5일장 귀퉁이에서
소박한 꿈이 튀겨질 때
'뻥' 소리와 함께 여기저기 날았던 튀밥들
꿈이란 마음에 날개를 다는 것이란 걸
장터에서 배웠다.

조간신문을 받아들면

뻥뻥 터지는 사건들이 어지럽다

잘못 해석된 꿈들이 부표처럼 떠 있어

항로를 이탈하는가

튀밥처럼 뜨거운 시절을 견뎌 본 사람은 알지

한 순간에 튀겨지는 꿈이란 건 없다는 것을

바람 빠진 이들이 무슨 이력으로 부푸나

뻥뻥 터질 때마다

아슬아슬하게 줄을 타는

저기 저.

추억은 몽상을 하고 기억은 사건을 끄집어낸다. 추억은 구체적인 시간과 날짜가 필요 없는 지난날을 되돌아 보고, 기억은 구체적인 시간과 날짜가 있는 사건을 끄집어내어 그것의 인과관계를 따져 묻는다. 추억은 그 모든 것─꾸중, 체벌, 싸움, 소꿉놀이, 물놀이, 운동회 등─을 미화시키고, 기억은 슬프거나 기쁜 일, 또는 대형사건과 사고들의 인과 관계를 파악하고, 그것의 결과와 책임 소재를 따져 묻는다. 추억은 우리 시인들의 전유물일 수밖에 없는데, 왜냐하면 우리 시인들은 모든 사건들을 다 미화시키며, 모두들 다같이 그 추억 속에서 살고 싶어하기 때문이다. 이에 반하여, 기억은 자연과학자들과 자본가들의 전유물일 수밖에 없는데, 왜냐하면 우리 자본가들은 그 기억(이성)의 힘으로 이 세계를 지배하고 싶어 하기 때문이다. 사유재산을 불가침의 성역으로 미화시키고 만물의 공동소유인 하늘과 땅과 바다와 호수와 공기마저도 자기 자신의 특

권으로 소유하고 싶어 하는 것이 우리 자본가들의 욕망이
아니라면 무엇이고, 또한, 자연과학자와 법학자와 경제학
자들을 호위무사로 거느리며, 이것과 저것, 저것과 이것의
경계를 짓고 온갖 저작권과 특허권과 소유권을 통해서 소
송전의 횡포를 벌이는 것이 우리 자본가들의 행태가 아니
라면 무엇이란 말인가?

　윤경 시인의 「튀밥」은 추억의 산물이며, 그것은 어린 시
절의 꿈의 결정체라고 할 수가 있다. 강냉이 튀밥은 꿈이
되고, 꿈은 기다림이 되고, 기다림은 목마름이 된다. 하루
하루가 적적할 때는 "어린 시절을" "강냉이처럼" 튀겨보면
"장사 가신 어머니"를 기다리던 어린 소녀가 "강냉이처럼
껍질 밖으로 터져 나온다." 윤경 시인은 기다림이 목마름
이라는 것을 그때 알았고, "5일장 귀퉁이에서/ 소박한 꿈
이 튀겨질 때/ '뻥' 소리와 함께 여기저기 날았던 튀밥들/
꿈이란 마음에 날개를 다는 것이란 걸/ 장터에서" 배웠던
것이다. 꿈은 기다림이고 인고의 시간이며, 인고의 시간은
"튀밥처럼 뜨거운 시절을 견뎌 본 사람"만이 알게 되어 있
는 것이다. "'뻥' 소리와 함께" "꿈이란 마음에 날개를 다는
것이란 걸/ 장터에서 배웠다"는 것은 윤경 시인의 존재론
적 증명이 되고 있다고 해도 틀린 말이 아니다. 왜냐하면

"아침에 도를 들으면 저녁에 죽어도 좋다"라는 말이 있듯이, 자기 자신의 꿈으로 마음에 날개를 단 사람은 선천적으로 시인일 수밖에 없기 때문이다.

비판은 모든 예술의 근본토대이며, 비판이 없으면, "조간신문을 받아들면/ 뻥뻥 터지는 사건들이 어지럽다"라는 시구처럼, 그 사회는 부정부패의 사회이며, 그 어느 누구도 행복하게 살아갈 수가 없게 된다. 인간이 살아가야 할 집이 무너지는 것도 보통이고, 중금속에 오염된 산과 들도 보통이다. 자동차의 브레이크가 파열되는 것도 보통이고, 우리의 어린 아이들이 식중독으로 고생을 하는 것도 보통이다. 왜냐하면 모든 물건들의 사용가치는 필요악이 되고, 돈벌이의 수단인 교환가치는 최고의 선이 되기 때문이다. 모든 상품이 돈을 위해 존재하지, 돈이 모든 상품을 위해 존재하지 않는다. 모든 인간들이 돈을 위해 존재하지, 돈이 인간을 위해 존재하지 않는다. 이처럼 사용가치가 필요악이 되고, 교환가치가 최고의 선이 되는 사회는 뇌물밥과 표절밥과 부패밥을 삼대 진미로 여기며, 우리 대한민국처럼 짝퉁 인간들이 득세를 하게 된다.

튀밥이란 쌀과 보리와 옥수수 따위를 튀긴 것이고, 오늘날에도 우리 인간들의 간식용으로 널리 이용되고 있는 것을 말한다. 튀밥은 원래 알곡의 몇 배가 부풀어 오른 것이고, 감미료를 첨가하여 매우 달콤하고 고소한 맛이 나지만, 그러나 제아무리 많이 먹어도 좀처럼 배가 부르지 않게 된다. 모든 뻥튀기의 원조는 튀밥이며, 그것은 한과와 과자들로 너무나도 크나큰 식품시장을 차지하고 있다고 할 수가 있다. "조간신문을 받아들면/ 뻥뻥 터지는 사건들이 어지럽다"라는 시구에서처럼, 뻥튀기의 부정적 효과는 거짓말이며, 이 거짓말이 현대사회의 대사기극의 진원지가 된다. 모든 꿈들이 한순간에 튀겨지는 것이 없다는 것을 알고 최선을 다하는 것이 우리 시인들이라면, 너무나도 거창하고 "잘못 해석된 꿈들"로 일확천금을 노리는 한탕주의자들이 우리 자본가들이라고 할 수가 있다.

과연 "잘못 해석된 꿈", 만물의 공동터전인 하늘과 땅과 바다와 호수와 공기마저도 소유하고 싶어하는 꿈, 이 "바람 빠진 이들이 무슨 이력으로" 부풀어 오를 수가 있단 말인가? 설산이 녹아내리고, 빙하가 녹아내리고, 해수면이 부풀어 오르고, 가뭄과 홍수 등이 시도 때도 없이 찾아온다. 사시사철 세계적인 대유행병과 경기침체가 찾아오고, 너도 나도 이전투구와 소송전쟁으로 바람 잘 날이 없다. "잘못 해석된 꿈"들이 "뻥뻥 터질 때마다/ 이슬아슬하게 줄

을 타는" 이 세계적인 대유행병들을 과연 우리 인간들은
어떻게 퇴치하고 또, 어떻게 만인들의 행복국가를 건설할
수가 있을 것이란 말인가?

　윤경 시인의 「튀밥」은 너무나도 아름답고 지적인 시이
며, 그의 비판철학의 힘으로 크나큰 감동을 자아내고 있다
고 할 수가 있다. 꿈이란 마음의 날개를 다는 것이고, 모든
만물들이 조화를 이룰 때까지 그 크나큰 인고의 세월을 견
디어 내는 것이다. 윤경 시인의 「튀밥」은 추억이고 소박한
꿈에 불과하지만, 그러나 이 비판철학의 힘으로 현대 자본
주의 사회의 배금주의를 가장 날카롭고 예리하게 비판하
고 있는 것이다.

이 병 연

사구 식물

바람에 날려 쌓인 모래 언덕에
뿌리를 내리고 사는 식물

뼈대를 세우고
몸집을 불리고 싶어도
살아남기 위해
거센 바람이 부는 방향으로 몸을 뉘면서
세상 사는 일이 마음대로 되지 않는다는 것을
알아버린 사람처럼
몸을 낮추고 있는 듯 없는 듯
서로 어깨를 부여잡고
뿌리를 간절하게 내리며
휘어져도 질기게 일어서며

영원히 존재할 것 같은 모래 언덕에

집 짓고 아이 낳고

기를 쓰며

제 몸보다 몇 배 깊숙이 뿌리를 내리고

무리 지어 산다.

사상누각砂上樓閣, 이 세상의 삶은 모래 위에 집을 짓고 모래 위에서 살아가는 삶과도 똑같다고 할 수가 있다. 햇빛이 너무 강해도 눈을 뜨지 못하고, 사나운 추위와 거센 바람이 불어도 살아가기가 힘들어진다. 천년, 만년 반석 위에 집을 지어도 소용이 없고, 천자의 행세를 하며 그 엄청난 권력을 휘두르던 인간의 운명도 넓디 넓은 모래사막 속의 시체와도 똑같다.

　　삶은 고난도의 묘기妙技가 되고, 이 고난도의 묘기는 도저히 가능하지 않을 것 같은 삶의 아름다움을 가져다가 준다. "바람에 날려 쌓인 모래 언덕에/ 뿌리를 내리고 사는 식물"이나 대도시의 산비탈에 따개비처럼 붙어사는 사람들도 그렇고, "살아남기 위해/ 거센 바람이 부는 방향으로 몸을" 누이는 식물이나 망망대해 속의 수상가옥에서 사는 사람들의 삶도 그렇다. 삶은 고난도의 묘기가 되고, 이 고난도의 묘기는 예술이 된다. "몸을 낮추고 있는 듯 없는 듯/ 서로 어깨를 부여잡고/ 뿌리를 간절하게 내리"는 것도 그렇고, "집 짓고 아이 낳고/ 기를 쓰며/ 제 몸보다 몇 배 깊숙이 뿌리를 내리고/ 무리 지어" 사는 것도 그렇다.

이병연 시인의 「사구 식물」은 사막의 식물과 인간의 삶에 기초한 시이며, '삶의 철학', 혹은 '예술의 철학'에 맞닿아 있다고 할 수가 있다. 이글이글 타는 듯한 열대지방의 삶, 사나운 추위와 거센 바람의 북극지방의 삶, 천년, 만년 반석과도 같은 벼랑 끝의 삶, 천세불변의 구중궁궐의 삶, 대도시의 산비탈의 따개비와도 같은 삶, 망망대해 속의 널빤지와도 같은 수상가옥의 삶, 하지만, 그러나 어느 누구도, 그 어떤 동식물들도 이 생존만이 최고인 삶을 한탄하지 않고, 모든 열과 성을 다하여 최선의 삶을 살아왔던 것이다. 최선, 최고의 삶이란 '운명에 대한 사랑'이며, 이 '운명에 대한 사랑'이 니체의 '삶의 철학'이라고 할 수가 있는 것이다.

모래성은 실체가 없고, 모래성은 실체가 없기 때문에 영원하다. 모래성 쌓기는 삶의 예술이며, 우리 인간들은 모두가 다같이 이 예술 속의 삶을 살다가 간다.

우리 인간들은 태어날 때부터 이병연 시인의 「사구 식물」과도 같으며, 그 예술 속의 삶을 살다가 간다.

이 용 임

스노우볼

다섯 살 무렵엔 많이 아팠다

교회의 종탑에서 떨어진
커다란 시곗바늘을 안고
맨발로 골목을 걸었다

하늘이 툭, 무너졌다
꽃들이 기침을 하고
먼지를 뱉었다
그을음을 뭉쳐 심장을 만들었다
사나운 날개뼈 아래 숨겨두었다

스무 살 무렵엔 사랑을 했다

여인이 선물한 꽃나발이

방 가득 시들었다

먼지를 감아 이불로 덮었다

아무리 걸어도

발바닥에선 피가 흘렀다

마흔 살이면 표정이 질겨질까

정수리에 흰 머리카락이 돋으면

가위로 잘라주세요

땅속에는 구근이 가득해요

투명한 슬픔이 근사하게 자라서

모자도 쓸 수 없는 사슴이 되었다

예순이 되면 얼굴이 지워지나요

아침마다 세수를 해도

새로운 표정이 생겼다

무너진 벽을 꽃이 점령했다

앞이 보이지 않는 노래를 부르며

언덕과 바다까지 행진했다

오늘의 나는 슬픔 반스푼 모자란 사람

목구멍을 간질이는 소리가 있어요

빗장뼈를 열면

부러진 날개에서 자란 깃털들이

눈보라처럼 쏟아졌다 차가운 화덕에 두고

잊은 빵처럼 모서리가 부서진

재투성이 심장이 거기,

있었다

민주주의는 국민이 주권자가 되는 사회라고 말하지만, 이 이념과 구호는 이용임 시인의 「스노우볼」처럼 완벽한 허구라고 할 수가 있다. 중앙은행의 금고마저도 자본가들의 쌈짓돈에 지나지 않는데, 왜냐하면 화폐의 발행과 채권의 발행, 금리의 결정과 물가의 관리 등까지도 자본가들의 영향력 아래 자본가들의 눈치를 보며 결정을 하고 있기 때문이다. 요컨대 자본주의 사회의 대형국책사업들, 즉, 공항과 항만과 고속철도와 방위산업의 육성까지도 그 모든 이권은 소수의 자본가들에게 다 몰아주게 되어 있고, 만일 그렇게 하지 않으면, 소수의 자본가들의 지배구조가 무너지게 되어 있는 것이다. 민주주의는 '스노우볼'이며, 거짓말이 거짓말을 낳고, 거짓말이 눈덩이처럼 불어나며, 대부분의 사회적 약자들은 '가난'이라는 눈사태 속에 희생되어 가고 있는 것이다. 가난한 자가 없으면 노동력을 착취할 수 없고, 노동력을 착취할 수 없으면 자본가는 존재할 수가 없다. 자본의 법칙에 따르면 '가난한 자는 굶어죽지 않게 하는 동시에 그 어떤 저축도 할 수 없게 만드는 것'이고, 따라서 이 자본의 법칙에 가장 날카롭고 처절하게 반기를 든 것이 마르크스의 공산주의 사상이었던 것이다. 공업에서 구현된 생산력을 전 세계적으로 장악하고 단 한 번의 거대한 '프롤레타리아 계급의 혁명'을 일으켜야 한다는 마르크스의 외침은 오늘날까지도 그 일면의 타당성을 얻고 있다고 할 수가 있다.

어느덧 동구권의 공산주의가 다 무너지고 민주주의 사회가 도래한 것 같지만, 그러나 민주주의 대신에 '신자유주의'가 전 세계를 장악하고 더욱더 거대하고 노골적인 힘으로 끊임없는 지배와 착취의 구조를 확대 재생산하고 있다고 할 수가 있다. 폭스바겐이니 벤츠니, 애플이니 구글이니, 마이크로 소프트니 아마존이니, 트위터니 페이스북이니, 골드만 삭스니 JP모건이니, 테슬라니 록히드 마틴이니—, 이 세계적인 대기업들의 자본은 눈덩이처럼 불어나고, 그들의 너무나도 거대하고 엄청난 힘 앞에서 대다수의 인간들은 꼼짝달싹 못하고 있다고 할 수가 있다.

이용임 시인의 「스노우볼」은 "다섯 살 무렵엔 많이 아팠다", "하늘이 툭, 무너졌다", "그을음을 뭉쳐 심장을 만들었다", "연인이 선물한 꽃다발이/ 방 가득 시들었다", "빗장뼈를 열면/ 부러진 날개에서 자란 깃털들이/ 눈보라처럼 쏟아졌다" 등의 시구에서처럼 가난과 병약함의 대물림이자 그 불행의 악순환 앞에서 그 어떤 대책도 없이 속절없이 무너져 가고 있는 시인의 슬픔을 노래한 시라고 할 수가 있다. 다섯 살 무렵엔 많이 아팠고, 교회의 종탑에서 떨어진 시곗바늘을 안고 맨발로 걸었다. 하늘이 툭하고 무너지니까 꽃들이 기침을 하며 끊임없이 시커먼 먼지를 뱉어냈다. 그 먼지―그을음을 뭉쳐 심장을 만들고 사나운 날개뼈 아래 숨겨두고, 스무 살 무렵엔 사랑을 했다. 연인이 선물한 꽃다발이 방안 가득 시들었고, 그 꽃다발을 먼지로 감아 이불로 덮어버렸다. 다섯 살 무렵부터 많이 아팠고, 그을음으로 만든 심장과 날 수 없는 날개를 지닌 사람이 사랑을 했으니, 가난과 병약의 눈사태만이 더욱더 가중될 뿐이었던 것이다.

마흔 살이 되어도 표정은 질겨질 수 없었고, 정수리에서 흰 머리카락이 돋아났다. 이 세상의 불행과 불행의 악순환 앞에서 투명한 슬픔이 근사하게 자라 모자도 쓸 수 없는 사슴이 되었고, 땅 속에는 슬픔의 자식들이 구근처럼 가득하게 되었다. 예순이 되어도 슬픔의 얼굴은 지워지지 않았고, 아침마다 세수를 해도 새로운 슬픔의 얼굴들이 생겨났다. 슬픔의 꽃들이 무너진 벽을 점령했고, 이윽고 미래의 희망, 즉, 앞이 보이지 않는 노래를 부르며 언덕과 바다까지 행진하게 되었던 것이다.

오늘의 '나'는 슬프고, 또 슬픈 '나'인데도 "슬픔이 반스푼 모자란 사람"이 되었고, "목구멍을 간질이는 소리가 있어" "빗장뼈를 열면/ 부러진 날개에서 자란 깃털들이/ 눈보라처럼" 쏟아져 나왔다. 자본의 힘은 만년설산처럼 강력하고, 가난한 자의 힘은 눈사태 속의 '스노우볼'처럼 너무나도 힘이 없다. 자본의 「스노우볼」은 거대한 눈사태를 발생시키는 힘이 되고, 대부분의 서민들의 「스노우볼」은 "모서리가 부서진/ 재투성이 심장"처럼 너무나도 속절없이 부서지는 눈가루가 된다.

꿈도 없고, 희망도 없고, 이용임 시인의 「스노우볼」은 따뜻한 봄볕 속에 춤을 추는 눈사람과도 같다. 가난한 자가 부자가 되는 것은 하늘에서 흰 쌀가루(금은보화)가 쏟아지는 것보다도 더 어렵고, 가난의 대물림은 만유인력의 법칙보다 더 강력하다. 이용임 시인의 「스노우볼」은 슬픔의 스노우볼이고, 가난의 스노우볼이며, 자본가들의 그토록 더럽고 추한 욕망 앞에서 더없이 속수무책으로 무너지는 스노우볼이라고 할 수가 있다.

하늘이 툭, 무너지고, 꽃들이 기침을 하고, 재투성이의 심장들이 눈사태처럼 부서진다.

가난, 병약, 착함, 무기력함의 상징인 '스노우볼'이여!

아아, 이용임 시인의 '스노우볼'이여!

유 영 삼

비는 소리를 갖지 않는다

목울대가 없다, 비雨

있다, 비悲

사물들이 제 머리를 들이대어

나름의 소리를 빚어내는 것이다

길은 온몸으로 누워 도 도, 도로 눕고

머리 꼿꼿이 세워 파 파, 파래진 풀잎

양철지붕은 두 팔 벌려 라 라 라, 날아가는 연습을 한다

나뭇잎 돌림노래처럼 박수를 치는 동안, 비

제 몸 촘촘히 세워 주름을 잡는다

허공이 접혔다 펴졌다 거대한 아코디언이 된다

아니 스틱이 된다, 물 스틱

맞는 자와 때리는 자만이 공존한다

저 물주름 새새에서 걸어 나오는 아버지

자식을 잃고도 울지 않았던

때는 이때라고 빗줄기 세차게 콧등을 후려친다

내장 깊이 꾹꾹 눌러 묻어두었던 슬픔

목울대를 친다, 아버지 목울대가 운다

이제야 완성된 당신의 울음

울음이 젖는다

유영삼 시인의 「비는 소리를 갖지 않는다」는 『흙』과 『돌아보다』의 뒤를 이어서 그의 세 번째 시집의 표제시이며, 대단히 지적이고 현학적인 시라고 할 수가 있다. 지적이라는 것은 그의 지식이 아주 깊이가 있다는 것을 뜻하고, 현학적이라는 것은 수직적, 혹은 전지적 차원에서 그 어떤 사건을 기획하고 연출하며, 그 모든 것을 총결산한다는 것을 뜻한다. 유영삼 시인은 「비는 소리를 갖지 않는다」의 뮤지컬의 기획자이자 연출자이며, 자기 자신이 '비'로 분장한 주연배우이자 비정한 아버지마저도 울게 만드는 최후의 심판관이라고 할 수가 있다.

비는 때리는 자(지휘자)이니까 목울대가 없고, 도로와 풀잎과 양철지붕과 나뭇잎들은 맞는 자(부르는 자)이니까 목울대가 있다. 비는 대기 중의 수증기가 물방울이 되어 지상으로 떨어지는 기상 현상을 말하고, 목울대는 목구멍의 중앙부에 있는 소리를 내는 기관을 말한다. "목울대가 없다, 비雨/ 있다, 비悲"라는 다소 상호 모순적이고 애매모호한 시구는, 그러나 '비'는 목울대는 없지만, 슬픔(슬플 비悲)이라는 감정의 목울대가 있다는 것을 뜻한다. 비는 지휘자(때리는 자)이니까 슬픔이라는 감정의 목울대가 있는 자가 되고, 도로와 풀잎과 양철지붕과 나뭇잎들은 합창단원(맞는 자)이니까 소리의 목울대가 있는 자가 된다. 비는 때리는 자이고 아코디언을 연주하는 자이며, 그리니까 비가 내리면, 모든 "사물들이 제 머리를 들이대어/ 나름의 소리를 빚어내는 것이다/ 길은 온몸으로 누워 도 도, 도로 눕고/ 머리 꼿꼿이 세워 파 파, 파래진 풀잎/ 양철지붕은 두 팔 벌려 라 라 라, 날아가는 연습을 한다." 길은 첫 음계인 '도'를 맡고, 풀잎은 비를 맞고 파래지니까 '파'의 음계를 맡는다. 양철지붕은 두 팔 벌려 날아가는 연습을 하며 '라'의 음계를 맡고, 나뭇잎들은 돌림노래를 부르며 박수를 친다. 모든 사물들이 뮤지컬 배우가 되어 돌림노래를 부르는 동안 비는 "제 몸 촘촘히 세워 주름을 잡는다/ 허공이 접혔다 펴졌다 거대한 아코디언이 된다/ 아니 스틱이 된다, 물 스틱"―.

비(지휘자)는 소리의 목울대가 없는 대신 슬픔이라는 감정의 목울대가 있고, 사물들(합창단원들)은 감정의 목울대가 없는 대신 소리의 목울대가 있다. 이러한 비와 사물들의 관계를 지휘자와 합창단원의 관계로 설정하고, 「비는 소리를 갖지 않는다」는 뮤지컬을 기획한 시인의 능력도 탁월하지만, 길은 '도'의 음계를, 풀은 '파'의 음계를, 양철지붕은 '라'의 음계를, 나뭇잎은 '돌림노래'를, 그 언어와 역할의 유사성에 착안하여 맡긴 것은 너무나도 대단하고 탁월한 연출능력이라고 하지 않을 수가 없다.

시는, 음악은 모든 인간들의 마음을 정화시켜주는 한편, 모든 비정한 인간들을 올바르게 인도하고 감화시켜 새로운 삶의 활력을 불어넣어 준다. 어렵고 힘든 자에게는 미래의 희망을 북돋아 주고, 길길이 사납게 날뛰는 자에게는 그 흥분과 분노를 가라앉혀 준다. 죄를 지은 자에게는 수치심과 양심을 되찾아 주고, 비정한 자들에게는 희로애락의 감정을 부여해 준다. 기뻐해야 할 때는 기뻐해야 할 줄을 알아야 하고, 슬퍼해야 할 때는 슬퍼해야 할 줄을 알아야 한다. 분노해야 할 때는 분노할 줄을 알아야 하고, 침묵해야 할 때는 조용히 자기 자신의 마음을 다스리며 침묵할 줄을 알아야 한다. 시인은, '비'는 작곡가이자 연주자이며 지휘자이고, 따라서 '비'는 최후의 심판관처럼 "소리를 갖지 않고" 그 모든 것을 때린다. 도로, 풀잎, 양철지붕, 니밋

잎들을 때리고, "자식을 잃고도 울지 않았던" 아버지의 콧등을 후려친다. 대기 중의 수증기가 많으면 소낙비가 되듯이, 아니, 너무나도 어렵고 힘든 산고에 지친 어미가 '마두금' 소리에 젖을 물리듯이, 드디어, 마침내 "내장 깊이 꾹꾹 눌러 묻어두었던 슬픔"이 아버지의 목울대를 친다. 비는 시인의 채찍이 되고, 시인의 채찍은 비정한 아버지의 목울대를 치고, 아버지의 목울대에서는 천둥 번개가 번쩍하며 소낙비가 쏟아져 내린다.

유영삼 시인의 「비는 소리를 갖지 않는다」는 천하제일의 슬픔의 진원지이자 슬픔의 대폭발이라고 할 수가 있다. 유영삼 시인의 「비는 소리를 갖지 않는다」는 한 편의 뮤지컬(음악극)이며, 인간 중의 인간, 즉, 전 인류의 스승인 '시인'에게 바쳐진 송가라고 할 수가 있다.

비정한 아버지의 내장에 꾹꾹 눌러 묻어두었던 슬픔을 천둥 번개의 소낙비, 즉, 너무나도 깊이가 있고 장엄한 시인의 노래로 승화시킨 것이다.

시인은 천지창조주이자 전 인류의 스승이고, 최후의 심판관이다. 시인의 일생은 예술가가 아닌 예술작품 자체라고 할 수가 있다.

권 혁 재

어죽

입적하신 큰스님

이승 빛 물든 그릇에

사리 가루 풀어놓고

지느러미 만행을 좇는 듯

수저로 휘휘 저어

죽 위에 새기는 밀경 한 사발.

어죽이란 생선을 푹 삶아서 가시 등을 골라내고 체에 밭친 국물에 쌀을 넣어 끓인 죽을 말하며, 따라서 영양가가 가장 풍부한 별미이기 때문에 우리 한국인들이 가장 좋아하는 보양식이라고 할 수가 있다. 어죽에 쓰이는 생선 중에는 붕어와 도미와 옥돔 등이 있고, 머리와 뼈와 가시 등을 깨끗하게 골라내고 그 국물과 함께 솥이나 냄비에 담은 다음 쌀과 소금과 마늘과 후추 등을 넣어 푹 끓이면 가장 맛있는 어죽이 완성된다고 할 수가 있다.

하지만, 그러나 말이 쉽지, 가장 맛있고 영양가가 풍부한 어죽을 끓이기가 그처럼 쉬운 일은 아닐 것이다. 어죽을 끓이는 일 역시도 '도'를 닦는 것이며, 이 '도'를 닦는 것에도 "지느러미 만행을 좇는 듯" 살신성인의 희생정신이 필요한 것이다. 누가 부처냐고 묻는다면 모든 인간이 다 부처라고 대답해야 할 것이고, 무엇이 부처냐고 묻는다면 바로 '당신의 마음'이라고 대답해야 할 것이다. 어죽을 끓이는 일에도 깨달음이 있어야 하고, 자기 스스로의 깨달음으로 타인들의 마음을 깨우치게 해야 하고, 따라서 만인들이 모두가 다같이 '한마음- 한뜻'이 되어 살아갈 수 있는 '극락의 세계'를 창출해내지 않으면 안 된다. 제일급의 요리사—모든 부처는 다 제일급의 요리사이니까—가 되는 것은 자기 스스로 깨달은 자가 되는 것이고, 모두가 다같이 제일급의 생선, 즉, 제일급의 인간이 될 수 있게 하는 것은 만인들을 깨우치게 하는 것이고, 그리하여 모두가 다같이 천하제일의 별미인 어죽을 먹게 하는 것은 이 세상에서 가장 행복한 '극락의 세계'에서 살아가게 하는 것이다.

권혁재 시인의 「어죽」은 "밀경 한 사발"이며, 큰스님이 온몸으로, 온몸으로 쓴 "지느러미 만행"의 결정체라고 할 수가 있다. 만행萬行이란 불교의 수행자들이 지켜야 할 온갖 행동을 뜻하지만, 그러나 부처는 머나먼 외계의 인물이 아니라, 모든 인간들의 마음과 몸 속에 살아 있다고 할 수가 있다. 누구나 다같이 시바이고, 예수이고, 부처이며, 자기 스스로가 '도'를 터득하고 '도'를 완성하면 되는 것이다.

시인은, 권혁재 시인은 시인이고, 부처이며, "이승 빛 물든 그릇에 // 사리 가루 풀어놓고/ 지느러미 만행을 좇는 듯/ 수저로 휘휘 저어" "죽 위에" '밀경 한 사발'을 새긴 것이다.

'밀경 한 사발의 경전'—, 모든 새로운 경전은 밀경이며, 이 밀경이 만인들의 심금을 사로잡으면 천하제일의 경전이 되는 것이다.

'밀경 한 사발의 경전'—, 아름다운 삶, 거룩한 삶, 행복한 삶의 극치이고, 권혁재 시인은 그의 시, 「어죽」을 통해 이렇게 묻고 있는 것이다.

당신은, 당신은, 당신의 이름과 온몸의 사리로 천하제일의 「어죽」이 될 수 있겠느냐?

정부가 학자의 일에 관여하려면 비판의 자유를 허용하지 않으면 안 된다. 그런데 종교는 신성에 의하여, 법률은 권위에 의하여 그 어떤 비판도 허용하지 않는다는 것이 '비판철학의 창시자'인 칸트의 철학적 진단이었던 것이다. 그의 『순수이성비판』은 형이상학을 비판한 것이었고, 그의 『실천이성비판』은 실천철학(윤리학)에 맞닿아 있고, 그의 『판단력비판』은 미학 이론에 맞닿아 있다. 칸트의 '영구평화론'은 오늘날의 유엔헌장의 기초가 되었고, 그는 이 '삼대 비판철학서'를 통해서 전 인류의 스승이 되었다고 할 수가 있다.

부처를 만나면 부처를 죽이고, 스승을 만나면 스승을 죽이라는 부처의 말씀도 비판철학에 맞닿아 있고, 따지고 보면 칸트 역시도 부처의 제자에 지나지 않는다. 앎이란 새로운 앎이며, 이 새로운 앎은 뱀이 허물을 벗지 못하면 파멸하듯이, 자기 스스로 부처, 즉, 전 인류의 스승이 되지 못하면 그의 앎이란 낡디 낡은 허물에 지나지 않는다. 어제의 부처와 오늘의 부처가 다르고, 오늘의 부처와 내일의 부처가 다르다. 열반과 해탈, 이 세상의 모든 고통과 번뇌의 껍질을 벗어버리고 극락의 세계에 간다는 것은 그의 앎의 실천에 맞닿아 있다고 할 수가 있는 것이다. 안다는 것은 실천한다는 것이고, 실천한다는 것은 자기 자신의 목숨을 걸고 그 목표를 완성한다는 것이다.

'악법도 법이다'라는 '조국애의 정신'으로 한 사발의 독배를 마시고 죽어갔던 소크라테스, 그토록 낡디 낡고 열악했던 실험실에서 세계 최초로 '라듐'을 추출해 내고도 그 어떠한 특허권도 행사하지 않은 퀴리 부인, 부자로서 죽는 것은 부끄러운 일이다라고 전 재산을 사회에 환원했던 알프레드 노벨, 자연의 서기관이자 신학문의 개척자인 프란시스 베이컨, '요람에서 무덤까지'의 오늘날의 복지정책을 창출해냈던 베버리지, '인류의 역사는 계급투쟁의 역사'라고 공산주의 사상을 창시하고 그토록 어렵고 힘든 삶을 살아갔던 마르크스 등도, 자기 스스로 부처가 된 성자들이며, 전 인류의 스승들이라고 할 수가 있다.

아는 것만큼 보인다는 말이 있다. 많이 아는 자는 부처(사상가)이며, 그는 언제, 어느 때나 지혜와 용기와 성실함과 함께 살아간다. 지혜로는 극락(이상낙원)의 세계를 상정하고, 용기로는 극락에 이르는 모든 난관을 다 극복하고, 성실함으로는 자기 자신의 한 몸을 희생시켜 전 인류를 구원한다. 독일은 초등학교 때부터 철학을 가르치며, 해마다 전 국민의 철학축제를 열고, 이 철학(사상)의 힘으로 제2차 세계대전의 전범국가로서 단번에 독일통일을 이룩해낸 세계제일의 일등국가라고 할 수가 있다. 칸트, 헤겔, 마르크스, 니체, 쇼펜하우어, 하이데거, 베토벤, 바그너, 괴테, 토마스 만, 메르켈 총리 등, 수많은 부처들을 탄생시켰고, 그 결과, '사상가의 민족'으로 찬양을 받고 있는 것이다.

대한민국은 일본 제국주의탓으로 그토록 즐겁고 재미있는 '독서중심의 글쓰기 교육'은커녕, 주입식 암기교육을 가르치며, 해마다 소위 유명인사들의 표절 문제로 몸살을 앓고 있다. 대한민국은 왜, 무엇 때문에 '학문 중의 학문'인 철학을 가르치지 않고 있는가? 불경과 성경 등, 그 모든 경전들은 철학적 성과이며, 철학을 공부하지 않으면 이 최고급의 경전들을 이해할 수가 없는 것이다. 불경과 성경 등을 천만 번 읽고 그 경전들을 달달달, 다 외운다고 하더라도 그 경전 밖의 학문들, 즉, 정치, 경제, 문학, 예술, 철학, 정신분석학, 자연과학 등을 공부하지 않으면, 그는 결코 자기 스스로 전 인류의 스승인 부처가 될 수가 없는 것이다. 오늘날 일본도 주입식 암기교육을 포기하고 독서중심의 글쓰기 교육을 실시하고 있으며, 오직 전 세계에서 대한민국만이 일제식 암기교육을 실시하고 있는 것이다.

어느 날 경제관련 라디오 프로를 통해서 '대한민국은 세계 최고의 문맹률 국가'라는 어느 미국인 학자의 말을 전해 들었다. 철학을 가르치지 않고 그토록 즐겁고 재미있는 독서중심의 글쓰기 교육을 가르치지 않는다는 것—, 참으로 부끄럽고 창피해서 얼굴을 들 수가 없었다. 우리 한국인들이 초등학교 때부터 철학을 공부하고, 마르크스, 칸트, 헤겔, 니체, 쇼펜하우어 등과도 같은 전 인류의 스승들을 배출해냈다면 벌써 남북통일을 이룩하고 세계 일등국가가 되었을 것이다. 탐욕은 만악의 근거라는 진리는 모든 경전들의 가르침이며, 철학자는 반드시 '무소유의 삶'을 실천하지 않으면 안 된다.

부처를 만나면 부처를 죽이고, 스승을 만나면 스승을 죽이고, 자기 스스로 부처가 되지 않으면 안 된다. 수많은 실패와 고통 속에 그토록 어렵고 힘들게 얻은 돈과 명예와 지식 등, 단 한 푼도 남기지 않고 다 나누어 주고 떠나가지 않으면 안 된다(반경환, 「부처의 길」).

조 영 심

우두커니

유월 수국처럼 피어나던 웃음기 접고 한마디 말 마중도 없이 마주 앉아 무심한 당신을 봅니다

다순 가슴팍 파고들며 종달이마냥 신나게 쫑알대던 내 입술 닫아걸고 맥없이 퍼져버린 당신의 눈빛, 지척의 거리도 이미 허물어져

보는 둥 마는 둥 켜놓은 티비를 보듯 나도 당신의 그림자만 어룽집니다

한마디 말일랑은 애초에 없었다는 듯 훈짐 한 올 돌지 않은 숨소리, 자다가도 맨발로 내달릴 살가운 버선발 귀한 손님 모시듯 나란히 모아놓고

구름이 퍼져 가는 하늘 쪽으로 고개를 들었다가 살랑이

는 나뭇잎 쪽을 보는 것인지 듣는 것인지 말 없는 말을 걸고 있는 것인지 그도 저도 아니게

당신과 나는 아주 서서히 낯설어가는 중입니다

당신에게서 빠져나오는 나를 읽는가 나에게서 사그라지는 당신을 보는가 한 생을 고스란히 접어 향을 피우듯 고요한 발걸음을 옮기듯

우두커니 그 눈빛 따라가는 소슬하게 젖어 드는 내 눈길

호랑이 10년, 사자 10년, 소 20년, 말 20년, 개 20년 등, 모든 생명체들은 다 타고난 수명이 있는데, '인간 수명 100년'이라는 것은 전 지구적인 대재앙이라고 할 수가 있다. 자연의 파괴와 이상 기후와 함께, 생태계의 교란은 우리 인간들이 초래한 너무나도 끔찍하고 너무나도 파렴치한 만행이라고 할 수밖에 없다. 그 옛날 인간수명이 60년 전후일 때는 '오십이지천명'의 나이가 되면 모든 재산을 다 나누어 주고 만인들이 아쉬워하는 가운데 자연으로 돌아갈 수가 있었던 것이다. 아름다운 삶과 아름다운 죽음의 극치는 자연의 법칙에 있었던 것이고, 이 자연의 법칙에 반하는 그 모든 삶은 너무나도 더럽고 추한 삶일 수밖에 없는 것이다.

하지만, 그러나 오늘날은 '장수만세의 시대'이고, 60세 전후에 정년퇴직을 하고도 4~50년을 더 살아야 하니까, 우리 노인들이 유산을 상속해 주지 않는 것은 물론, 이 세상의 그 모든 것을 노인의 입장에서 바라보고 노인의 입장에서 우리 젊은이들의 미래를 설계하고 있는 것이다. 미국, 유럽, 중국, 일본, 한국 등, 전 세계는 고령화 사회이며, 우리 노인들이 정치, 경제, 문화, 예술 등의 그 모든 권력을 다 움켜쥐고, 모든 국가예산을 이 산송장들의 복지비용으로 다 탕진하고 있다고 해도 과언이 아니다. 유아용 기저귀보다 노인용 기저귀가 더 많이 팔리고, 이 세계의 가장 큰 성장산업은 실버산업이라고 할 수가 있다. 인간의 생명은 그 무엇보다도 소중하고 오래오래 산다는 것은 최고의 축복받은 삶이니까, 똥과 오줌을 싸면서도 전 재산을 다 요양병원과 의산복합체의 자본가들에게 가져다가 바치지 않으면 안 된다는 것이 오늘날 자본주의 사회의 지상명령이기도 한 것이다.

우리 노인들은 모두가 다같이 근시안적이고 이기적일 수밖에 없는데, 왜냐하면 내일을 약속할 수가 없기 때문이다. 우리 노인들은 모두가 다같이 불평불만자들일 수밖에 없는데, 왜냐하면 몸이 아프고 외로우니까, 아들과 딸, 손자와 손녀, 또는 사회적 복지 탓만을 하게 되기 때문이다. '장수만세의 시대'는 피로의 시대이고, 이기주의의 시대이며, 역사의 종말의 시대라고 해도 과언이 아니다. 할아버지와 할머니도 돈밖에 생각 안 하고, 아버지와 어머니도 돈밖에 생각 안 한다. 아들과 딸도 돈밖에 생각 안 하고, 손자와 손녀들도 돈밖에 생각 안 한다. 이 돈밖에 생각 안 하는 돌림병은 오직 이기주의와 탐욕의 화신인 불량배들만을 대량생산해 내고, 부모와 자식들 간에, 또는 손자와 손녀들 간에 무차별적인 소송전을 한 치의 양보도 없이 진행하게 만든다. 부모와 자식 관계도 다 파탄났고, 친구와 친구 관계도 다 파탄났고, 천하제일의 부부관계도 다 파탄났다.

　나는 "대도大道에는 문이 없지만/ 길은 천 개도 넘는다/ 이 관문을 뚫어낸다면/ 천지를 홀로 걸으리라"는 무문無門의 「서시」를 "부부의 길에는 문이 없지만/ 길은 천 개도 넘는다/ 이 관문을 뚫어낸다면/ 둘이서 하나가 되리라"고 고쳐보며, 조영심 시인의 「우두커니」를 읽어본다. 따지고 보면 서로 다른 남녀가 만나 아들과 딸들을 키우고, 30년, 40년을 사는 것도 지겨운 일인데, 60년, 70년, 80년을 함께 산다는 것은 너무나도 괴롭고 지겨운 일일 수도 있는 것이다. 똑같은 밥과 똑같은 반찬도 지겹고, 똑같은 말과 똑같은 싸움도 지겹다. 똑같은 사랑과 똑같은 우정도 지겹고, 똑같은 탐욕과 똑같은 습관도 지겹다. 칭찬도 너무 많이 들으면 지겹고 귀가 따가운 것인데, 오래 살다가 보면 서로 간의 사랑과 신뢰도 무너지고, 어느덧 무관심이 체질화된다.

'우두커니'란 정신없이, 또는 얼이 빠진 듯 멀리 서 있거나 앉아 있는 모습을 나타내는 말을 뜻하지만, 그러나 조영심 시인의 「우두커니」는 사랑이 실종되고 무관심이 체질화된 상태를 말한다. 유월 수국처럼 피어나던 웃음기도 없고, 다순 가슴팍 파고들며 종달이마냥 신나게 쫑알대던 귓속말도 없다. 자다가도 맨발로 내달릴 살가운 버선발도 없고, 오직, "보는 둥 마는 둥 커놓은 티비를" 보는 무관심의 적막만이 무겁게 흐른다. 부부일심동체라는 말도 온데간데가 없고, 나는 당신에게서 빠져나오고, 당신은 나에게서 사그라져 간다. "당신과 나는 아주 서서히 낯설어져 가는 중"이고, "한 생을 고스란히 접어 향을 피우듯 고요한 발걸음을 옮기듯" 그렇게 이승에서의 사랑을 정리해 가고 있는 것이다.

졸혼, 황혼이혼, 쇼윈도우 부부, 사별─. 젊디 젊은 사람들에게는 '이별 불안'이 가장 큰 고통일 수도 있지만, 늙고 늙은 사람들, 즉, '장수만세시대의 주인공'들에게는 이별불안이 없을 수도 있다. 왜냐하면 '이별 불안'이 오기 전에 사랑과 신뢰가 무너지고 무관심이 체질화되기 때문이다. 가능하면 할 말도 안 하고, 서로 간의 몸 부딪침이나 신체적 접촉도 피하고, 타인들의 눈과 손가락질이 무서워 오직 '부부의 탈'만을 쓰고 살아가는 것이 오늘날의 '장수만세의 세태'일는지도 모른다. 우리 집 삼식三食이, 우리 집 오식五食이라는 비아냥의 말이 춤을 추고, 그 모든 부부관계는 파탄을 맞이하고 있는 것인지도 모른다.

사랑은 자존심을, 이기심을, 불평불만을 비우는 것이고, 비우는 것은 자기 자신의 마음을 여는 것이다. 마음을 여는 것은 꽃을 피우는 것이고, 꽃을 피우는 것은 당신과 내가 '한마음─한뜻'으로 우주적인 사랑을 완성하겠다는 것이다.

사랑은 '우두커니'를 잠재우고, 사랑은 '우두커니'로 하여금 '영원불멸의 꽃'을 피우게 하는 것이다.

김 다 솜

약詩

이런 시는 어디 있을까

엔돌핀으로 세포 살리는 시
도파민으로 등골 펴게 하는 시
세라도닌처럼 젊게 해주는 시

삶은 감자처럼 달콤한 시
아이스크림처럼 부드러운 시
민들레 뿌리처럼 쌉쌀한 시

이런 시는 어디 있을까

시는 '사상의 꽃'이고, 사상은 '시의 열매'(씨앗)이다. 이 세상에서 최고의 '명약 중의 명약'은 시(사상)이며, 시가 없으면 우리 인간들은 잠시도 이 세상을 살아갈 수가 없다.

집을 짓거나 나라를 세울 때에도 시를 통해 기도를 하고, 아이를 임신하거나 아이가 태어났을 때에도 시를 통해 기도를 한다. 돌 잔치를 할 때에도, 회갑잔치를 할 때에도 시를 통해 노래를 부르고, 국경일에도, 월드컵을 들어올렸을 때에도, 대통령 취임식 때에도 시를 통해 노래를 부른다. 시는 '명약 중의 명약'이고, 이 세상의 슬픈 일들과 기쁜 일들을 다 주재한다.

「약詩」는 언어 속에서 싹을 틔우고, 시인을 통해서 꽃이 피고 그 열매를 맺는다. 엔돌핀으로 세포를 살리고, 도파민으로 등골을 펴게 한다. 세라토닌처럼 젊게 해주고, 삶은 감자처럼 달콤하다. 아이스크림처럼 부드럽고, 민들레 뿌리처럼 쌉쌀하다.

이 세상의 모든 만물들은 모두가 다같이 한 뿌리이고 한 몸이며, 김다솜 시인의 「약詩」에 의하여 모든 병을 치료하며 영원불멸의 삶을 살아간다.

인간은 유한하지만, 시인은 영원불멸의 삶을 살아간다.

최 예 환

말

매일 우리 건네는 말에는 날이 있어
말에 베기도 하고
말로 요리도 하지

무심코
내뱉은 말로
피 흘릴까
배부를까

매일 우리 던지는 말에는 맛이 있어
죽을 맛이거나
살리는 맛이거나

오늘도
내 쏟은 말에
죽었을까
살았을까

말(언어)은 전 인류를 감동시킬 수도 있고, 말은 전 인류의 행복을 파괴할 수도 있다. 이 세상의 최고급의 요리는 말들의 성찬일 수도 있고, 이 세상의 최고의 재산은 말의 소유권일 수도 있다.

이 세상의 근본물질이 원자라면, 인간 정신의 근본물질은 말이라고 할 수가 있다. 서양철학의 아버지인 소크라테스, 최초의 시인이자 최후의 시인인 호머, 유교의 창시자이자 동양철학의 아버지인 공자, 유물사관과 공산주의 사상의 창시자인 마르크스—, 요컨대 모든 사상가의 최종심급은 경제가 아니라 말이라고 할 수가 있는 것이다.

도덕과 부도덕을 규정하는 것도 말이고, 좋음과 나쁨을 규정하는 것도 말이다. 전통과 역사를 규정하는 것도 말이고, 자본주의와 공산주의를 규정하는 것도 말이다. 그의 인격과 성실함을 토대로 엄청난 부채를 탕감해 주는 것도 말이고, 끊임없는 애국심과 민족주의를 강조하여 전 인류의 평화를 파괴하는 것도 말이다. 말들의 성찬은 노벨상 시상식장에서도 나타나고, 말들의 성찬은 월드컵 축하쇼에서도 나타난다. 상표권, 특허권, 저작권 등은 모두가 말들의 소유권이고, 이 말들의 소유권은 그 어떤 황제의 권력도 초토화시킬 수가 있다. 전 인류의 순교자인 양심범을 사면해 주는 것도 말이고, 너무나도 뻔뻔스럽고 파렴치한 살인마에게 사형을 선고하는 것도 말이고, 이 세상의 그 모든 희망의 찬가를 주재하는 것도 말이다.

말은 총이고 칼이고 원자폭탄이다. 말은 약이고 독약이고 최고급의 요리이다. 말과 말들 사이에는 칼날이 있어 말에 베이기도 하고, 말과 말들 사이에는 미담과 덕담과도 같은 재료가 있어 최고급의 요리를 만들기도 한다. 무심코 내뱉은 말에 베어 피를 흘릴 수도 있고, 너무나도 뜻밖의 찬양과 칭찬에 무척이나 배가 부를 수도 있다. 모든 혁명 이전에 '사상의 혁명'이 먼저 일어나고, '사상의 혁명' 이전에 말의 혁명이 먼저 일어난다. 그토록 엄청난 모욕을 참고 견디면 학자의 명예가 실추되고, 명예를 위해 살고 명예를 위해 죽으면 만인들의 존경과 찬양을 받는다.

말들이 춤을 추고 말들이 노래를 한다. 말들이 싸움을 하고 말들이 평화를 창조한다. 우리들이 날이면 날마다 주

고 받는 말들에는 여러 맛이 있지만, 그것은 최예환 시인
의 「말」에서처럼 두 유형으로 구분할 수가 있다. 죽을 맛과
살맛이다. 죽을 맛은 위해, 폭력, 살해, 공포, 불안, 착취 등
과 관련이 있고, 살맛은 사랑, 믿음, 자유, 평화, 상부상조,
희망, 용기 등과 관련이 있다.

우리는 최예환 시인의 「말」처럼, 말에 의해서 살고, 말에
의해서 죽어간다. 말이 사유하고, 말이 명령하고, 말이 분
배를 하고, 우리는 모두가 다같이 말의 충복忠僕으로서 살
아간다.

"매일 우리 던지는 말에는 맛이 있어/ 죽을 맛이거나/ 살
리는 맛이거나// 오늘도/ 내 쏟은 말에/ 죽었을까/ 살았을까"

이 혜 숙

시월

이 사이로 빠져나가는
바람 같은 말
시월

바삭거리는 가을볕에서
마지막 만찬을 나누는
꽃향유와 꿀벌의 시간들을 지나
바람이 닦아 놓은
말간 하늘 속으로
들어가는

먼 가지 위
까치밥 하나 마련해 놓고
느리게 걷는 저녁나절
창호지 문살에

어둠이 얹히면
고무신 콧등의
흙먼지 털어내고
눕는 아랫목

시월이 참 좋다.

나는

'꽃향유'란 이름에서부터 향기가 물씬 묻어나는 꽃이고, 꽃이 아름다우면서도 향기가 강해 밀원蜜源 식물로도 재배한다고 한다. 꽃은 칫솔모양으로 한쪽 방향으로만 피고, 꽃말처럼 4－5개월이면 큰 개체로 자라난다고 한다. 4월에 씨앗을 뿌려도 가을이면 5－60cm로 자라고, 꽃이 아주 탐스럽고 한 달 이상 피기 때문에 가을 화단용으로 더욱더 좋다고 한다.

　시월, "이 사이로 빠져나가는/ 바람 같은 말/ 시월"一. 이혜숙 시인의 「시월」은 노년의 아름다움과 행복이 '즉심시불卽心是佛', 즉, '부처의 마음'으로 피어난 시라고 할 수가 있다. "이 사이로 빠져나가는/ 바람 같은 말"로 만악의 근원인 탐욕과 집착을 버리고, 이제까지의 근면과 성실함의 결과로 가을의 끝자락인 「시월」의 행복을 마음껏 즐기고 있는 것이다. "바삭거리는 가을볕에서/ 마지막 만찬을 나누는/ 꽃향유와 꿀벌의 시간들을 지나"면 "바람이 닦아 놓은/ 말간 하늘 속으로" 들어가게 된다. 이때의 풍경은 바라보는 풍경이 아니라 그 풍경과 하나가 되는 풍경이며, 그 풍경 속에서 그 풍경들을 살아 움직이게 하는 역동적인 풍경이라고 할 수가 있다. "이 사이로 빠져나가는/ 바람 같은 말/ 시월"도 살아 있고, 꽃향유와 꿀벌들도 살아 있으며, "먼 가지 위/ 까치밥 하나 마련해" 놓은 이혜숙 시인의 따뜻한 마음도 살아 있다.

이 세상에서 가장 행복한 삶은 어떠한 삶일까? 모든 것을 다 가졌고, 어느 것 하나 부족하지 않은 것이 행복일 수도 있겠지만, 그러나 자기 자신의 삶에 불평불만이 없는 사람이 가장 행복할 것이다. 만족한다는 것은 불평불만이 없다는 것이고, 불평불만이 없다는 것은 더없이 즐겁고 기쁘다는 것이다. 그토록 근면하고 성실하게 살고 '고대의 오후'같은 「시월」에 까치밥 하나 마련해 놓고 느리게 느리게 걸을 수 있다는 것이 이혜숙 시인의 행복이 아니라면 그 무엇이란 말인가? 까치밥 하나는 아주 소중한 식량이고, 내가 나의 노력으로서 후세대를 위한 유산이라고 할 수가 있다. 불평불만이 많은 자는 까치밥 하나를 남길 수가 없고, 까치밥 하나를 남길 수 없는 자는 느리게 느리게 걸을 수가 없다. 만족하면 느리게 느리게 걸을 수가 있고,

만족하면 그 모든 것을 다 소화시킬 수가 있고, 만족하면 '고대의 오후'같은 「시월」의 단잠 속으로 빠져 들어갈 수가 있다.

"먼 가지 위/ 까치밥 하나 마련해 놓고/ 느리게 걷는 저녁나절", "창호지 문살에/ 어둠이 엎히면/ 고무신 콧등의/ 흙먼지 털어내고/ 눕는 아랫목", "시월이 참 좋다/ 나는"―.

까치밥 하나로 우주가 열리고, 까치밥 하나로 이혜숙 시인은 부처가 된다.

유 홍 준

지평선

지평선 위에 비가 내린다

문자로 새기지 못하는 시절의 눈물을 대신 울며

첨벙첨벙 젖은 알몸을 드러낸 채 간다

나는 지평선에 잡아먹히는 한 마리

짐승…… 어디까지 갈래

어디까지 가서 죽을래?

강물을 삼킨 지평선이 양미간을 조이며 묻는다

낡아빠진 충고와 똑같은 질문은 싫어!

있는 힘을 다해 나는 지평선을 밀어버린다

유홍준 시인의 「지평선」을 읽다가 생각해 보니까, 우리 인간들의 삶은 지평선에서 시작되고 지평선에서 끝이 난다는 사실을 알게 되었다. 지평선은 땅의 끝과 하늘이 맞닿아 보이는 경계선을 말하고, 가까운 것은 크게 보이고, 멀리 있는 것은 작게 보이는 원근법이 작용을 하게 된다. 가도 가도 끝이 없는 지평선, 현실도 고통이고, 미래도 고통이고, 이 고통의 끝은 이 세상의 삶이 끝나는 죽음일 수밖에 없다.

　"우리는 죽어갈 수가 있어서 권태롭지가 않고, 또다시 태어날 수가 있어서 허무하지 않다. 죽음은 한계가 아니라 무한한 가능성이다"라고 나는 생각하고 있지만, 그러나 유홍준 시인의 죽음은 다만 허무한 어떤 것에 지나지 않는다. 왜냐하면 "나는 지평선에 잡아먹히는 한 마리/ 짐승……어디까지 갈래/ 어디까지 가서 죽을래?"라고, "강물을 삼킨 지평선이 양미간을 조이며" 묻고 있기 때문이다.

우리가 사는 집은 지평선의 사육장이고, 우리가 먹이활동을 하는 곳은 지평선의 목장이고, 우리가 이 세상의 삶을 끝내는 곳은 지평선의 식탁이다. 지평선은 천지창조주이며 포식자이고, 우리 인간들은 지평선에 의해 사육되는 짐승이자 희생제물에 지나지 않는다. 태양을 집어 삼킨 지평선, 달을 집어 삼킨 지평선, 수많은 바람과 강물을 집어 삼킨 지평선이 날이면 날마다 우리에게 묻고, 또, 묻는다.

　"어디까지 갈래/ 어디까지 가서 죽을래?"

　이 세상의 삶은 고통이고, 공포이고, 불안의 연속이지만, 그러나 슬프다는 것은 그 허무함(슬픔)의 반대편에서 이 세상의 삶의 의지가 있다는 것이다. 이 슬픔 속에 빠져 "문자로 새기지 못하는 시절의 눈물", 즉, 시인이 되기 이전의 슬픔의 눈물을 대신 울며, 도저히 불가능하고 이길 수 없는 '지평선'과의 싸움을 한바탕 붙어 본다. "낡아빠진 충고와 똑같은 질문은 싫어!/ 있는 힘을 다해 나는 지평선을 밀어버린다"라는 시구가 바로 그것을 증명해 준다.

　하지만, 그러나 지평선 위에 비가 내리고, 나는 "문자로 새기지 못하는 시절의 눈물을 대신 울며/ 첨벙첨벙 젖은 알몸을 드러낸 채 간다."

　나는 지평선에 잡아 먹혀야 하는 한 마리 짐승, 지평선 위에는 나의 슬픔과도 같은 비가 내린다.

김 선 옥

묵란도

갈대꽃을 거꾸로 잡았다
붓이 되어
난잎이 아니어도 휘어진 그림을 그린다

블라우스 앞자락을 들추는 바람을 그리고
나뭇가지 휘어지는 새소리를 그리고
골목을 휘는 아이들 웃음소리를 그리고
두루미가 밟고 있는
굽이도는 강물을 그린다

붓 하나 잡고 먹구름을 찍었을 뿐인데
붓끝에서 세상이 다 휘어지는 그림이 된다

굽어지는 법을 모르던 남편 등이 휘고
풀들이 누우며 바람을 휘고

아카시아 나뭇가지에 얽힌

고음과 저음의 새소리가 휘어지며

그림이 된다

붓을 놓고 바라본 앞산에서

부엉이 소리가 휜다

묵란도墨蘭圖란 무엇일까? 묵란도란 난초를 소재로 그린 수묵화를 말하며, 묵란도의 대가는 너무나도 당연하게 추사 김정희라고 한다. 홍선대원군은 추사 김정희에게 묵란도를 배웠고, "무릇 난을 그리는 것은 어렵고 힘든 사람들을 위한 것이지, 고귀하고 부유한 사람들을 위한 것이 아니다"라는 말을 남겼다고 한다.

김선옥 시인의 「묵란도」는 고명철 교수의 말대로 "세계를 자신의 감각으로 사유하여 이를 시적 표현으로 나타내되, 점點과 직直으로 이뤄진 직정直情의 세계는 절로 '곡曲의 율동－생의 율동'으로 이뤄지고 부드러운 환環의 세계가 갖는 시적 진실에 이른다"고 할 수가 있다. '곡의 율동－생의 율동'은 부드러움이고, 이 부드러움은 화엄의 세계의 원동력이 된다. 사사무애事事無碍, 만물이 하나가 되어 조화를 이루는 화엄의 세계는 김선옥 시인의 목적이 되고, 그는 모든 만물들을 지휘하는 교향악단의 지휘자가 된다.

김선옥 시인은 대범하고 호탕하며, 모든 잡음과 잡념들, 즉, 모든 만물들의 사상과 감정과 취향과 대립과 갈등과 권력투쟁들을 단번에 잠재워 버린다. 붓 대신에 갈대꽃을 거꾸로 잡은 파격성은 천하무적의 장인 정신을 뜻하고, 그는 그의 최고급의 인식의 전쟁을 통해서 이 세상에서 가장 아름답고 멋진「묵란도」의 창조주가 된다. 갈대꽃을 거꾸로 잡자 난잎이 아니어도 휘어진 그림을 그리고, "블라우스 앞자락을 들추는 바람을" 그린다. "나뭇가지 휘어지는 새소리를 그리고" "골목을 휘는 아이들의 웃음소리를" 그린다. "두루미가 밟고 있는/ 굽이도는 강물을" 그리고, "붓 하나 잡고 먹구름을 찍었을 뿐인데/ 붓끝에서 세상이 다 휘어지는"「묵란도」의 신세계가 펼쳐지게 된다.

　시는 사상의 꽃이고, 사상은 시의 열매이다. 사상은 최고급의 지혜이고, 최고급의 지혜는 모든 혁명들을 주재하며, 이 세상에서 가장 아름답고 멋진 신세계를 창출해낸다. '곡의 율동−생의 율동'의 기원은 부드러움이고, 이 부드러움은 휘어잡는 자, 즉, 최고급의 인식의 전쟁에서 승리한 자가 창출해낸 힘을 뜻하게 된다. "굽어지는 법을 모르던 남편의 등이 휘고/ 풀들이 누우며 바람을 휘고/ 아카시아 나뭇가지에 얹힌/ 고음과 저음의 새소리가 휘어지며/ 그림이 된다." 김선옥 시인의 「묵란도」는 그가 지휘하는 교향악단의 최고급의 연주이며, 모든 만물들의 노래와 춤이 그림이 되는 기적의 세계라고 할 수가 있다. 시 속에는 음악이 있고, 음악 속에는 그림이 있다. 그림 속에는 서예가 있고, 서예 속에는 시가 있다. 만물일여萬物一如, 시와 음악과 그림과 글씨가 하나가 되고, "붓을 놓고 바라본 앞산에서"는 "부엉이 소리"마저도 휜다.

가장 어렵고 힘들고 불가능한 것을 가능하게 하는 것이 인식의 힘이고, 이 최고급의 인식의 제전의 걸작품이 김선옥 시인의 「묵란도」라고 할 수가 있다. 김선옥 시인의 「묵란도」는 실제의 그림이 아닌 상상 속의 그림이고, 만물이 하나가 되는 대자연의 풍경을 상상 속의 그림, 즉, 그의 시, 그의 '사상의 꽃'으로 피워낸 것이다. 갈대꽃을 거꾸로 잡으니, 모든 만물들이 노래를 부르고 춤을 추며, 이 세상에서 가장 아름답고 멋진 「묵란도」의 세계가 펼쳐진다.

홍선대원군의 말은 반쯤은 맞고, 반쯤은 틀렸다. 「묵란도」란 최고급의 인식의 힘(지혜)으로 천하를 휘어잡고, 그 모든 사람들을 구원하기 위한 것이지, 천하의 수고로운 사람들만을 위한 것이 아니기 때문이다.

시인의 힘은 위대하고, 또, 위내하다. 붓끝 하나, 아니 그 인식의 힘으로 모든 만물들을 휘어잡고, 이 세상 그 어디에도 없는 새로운 우주를 창출해낸다.

「묵란도」는 멋진 신세계이고, 새로운 우주이다.

조 순 희
어린 왕자

아침,
다섯 살 현우가
노란색 버스에 탔다

현우 엄마,
버스가 보이지 않을 때까지
뽕 — 뽕 —
손 하트를 날린다

우와,
우리 엄마 너무 예뻐!

눈부시도록 쏟아지는
아침햇살

어린 왕자가 내 앞에서
웃고 있다

📖

　태몽胎夢이란 아이를 갖게 될 조짐을 알려주거나 그 아이의 미래의 운명을 예시해주는 꿈이라고 할 수가 있다. 돼지에 대한 꿈은 재주가 많고 장차 부자가 될 아이가 태어날 꿈을 말하고, 용에 대한 꿈은 '길몽 중의 길몽'으로 큰 인물이 될 아이가 태어날 꿈을 말한다. 호랑이에 대한 꿈은 천하장사와도 같이 씩씩하며 소위 지도자가 될 아이가 태어날 꿈을 말하고, 뱀이나 구렁이에 대한 꿈은 가장 지혜롭고 뛰어난 아이가 태어날 꿈을 말한다. 이밖에도 봉황과 새들에 대한 태몽도 있고, 해와 달과 별들과 다양한 과일과 동식물들에 대한 태몽도 있다고 하지만, 그러나 그 무엇보다도 가장 좋은 태몽은 용에 대한 꿈이라고 할 수가 있다.

　남녀 간의 사랑은 종의 보존과 증진의 제일급의 법칙이며, 이 종족의 법칙은 어느 누구도 거스를 수 없는 명령이라고 할 수가 있다. 아버지는 황제이고, 어머니는 왕비이며, 이 황제와 왕비가 만나 사랑을 나누는 것으로 종족의 명령은 그 첫걸음을 시작한다. 모든 태몽은 따지고 보면 '길몽 중의 길몽'인 '용꿈'이며, 모든 어린 아이는 단 하나뿐인 왕자가 된다. 아버지는 성부(황제)가 되고, 어머니는 성모(왕비)가 되며, 이 성부와 성자의 사랑에 의하여, "우와/ 우리 엄마 너무 예뻐!"라는 어린 왕자의 존경과 찬양의 말씀이 쏟아진다.

모든 신들은 아버지와 어머니가 성화된 것이며, 모든 종교의식은 아버지와 어머니에 대한 무한한 존경과 찬양의 예배에 지나지 않는다. "아침/ 다섯 살 현우가/ 어린이집 버스에" 타면, "현우 엄마"는 "버스가 보이지 않을 때까지/ 뽕ㅡ 뽕ㅡ/ 손 하트를" 날리게 된다. 다시 말해서, 사랑은 종의 보존과 증진의 제일급의 법칙이며, 그 어떠한 만고풍상도 다 극복해낼 수 있는 힘으로 작용을 하게 된다. 천재지변을 극복할 수 있게 해주는 것도 사랑의 힘이고, 전쟁과 사업실패를 극복할 수 있게 해주는 것도 사랑의 힘이다. 수많은 질병들과 다툼을 극복할 수 있게 해주는 것도 사랑의 힘이고, 최고급의 인식의 진전과 문명과 문화를 건설할 수 있게 해주는 것도 사랑의 힘이다. 사랑은 믿음이고, 용기이며, 사랑우 지혜이고, 미래의 희망이다.

"우와/ 우리 엄마 너무 예뻐!"라는 말 한마디로 눈 부시도록 환한 아침햇살이 쏟아지고, 현우 엄마의 "뽕— 뽕—/ 손 하트"로 우리들의 「어린 왕자」가 전 인류의 희망으로 떠오른다.

엄마는 어린 왕자의 첫사랑이고, 미래의 왕비는 엄마의 또다른 분신이며, 이 성모와 성자의 사랑에 의하여 이 세상의 「어린 왕자」의 역사는 영원히 계속된다.

호머, 셰익스피어, 베토벤, 모차르트, 괴테, 보들레르, 랭보, 폴 고갱, 반 고호 등, 모든 「어린 왕자」들은 어머니의 젖을 먹고 자랐듯이, 그들은 그 '용꿈의 날개'를 달고 전 인류의 스승(황제)이 되었던 것이다.

「어린 왕자」의 용꿈은 그의 일생 내내 지속되고, 우리들의 용꿈은 전 인류의 영원한 젖줄이 된다.

2부

문태준 최종월 김기준 김석돈

한현수 김지요 손택수 김재언

손익태 이미순 박정란 현순애

　　김정원 이승애 한이나

문 태 준

눈길

혹한이 와서 오늘은 큰 산도 앓는 소리를 냅니다
털모자를 쓰고 눈 덮인 산속으로 들어갔습니다
피난하듯 내려오는 고라니 한 마리를 우연히 만났습니다
고라니의 순정한 눈빛과 내 눈길이 마주쳤습니다
추운 한 생명이 추운 한 생명을
서로 가만히 고요한 쪽으로 놓아주었습니다

고라니는 소목 사슴과에 속하는 포유동물이며, 중국과 한국이 원산지라고 할 수가 있다. 사슴과 달리 뿔도 없고 공격성이 없지만, 천적인 호랑이와 늑대가 없기 때문에 그 개체수가 엄청나게 늘어나고 있다고 할 수가 있다. 성적 성숙기는 암컷은 7−8개월이고, 수컷은 5−6개월이며, 평균 수명은 10년에서 12년 사이라고 한다. 갈대밭이나 풀숲에 서식하며, 야행성이지만, 농작물에 피해를 주기 때문에 유해조수로 지정되었다고 한다.

때때로 산다는 것이 묘기이며 삶 자체가 예술이라고 생각하고 있지만, 그러나 너무나도 엄청난 삶의 환경과 곤경에 빠져 있는 동식물들을 바라보면 안타까운 마음을 금할 수가 없다. 일년 중 8개월이 겨울이고 기껏 4개월 동안 먹이활동을 해야 하는 극북지방의 유목민들, 영하 5−60도의 추위에 쇳덩어리 같은 바닷물고기들을 가장 날카롭고 예리한 칼로 대패밥처럼 깎아먹고 사는 캄차카 반도의 어부들, 히말라야와 티벳 등의 고산지대에서 오직 생존만이 최고의 목표인 것 같은 고산족들을 생각할 때마다 왜, 하필이면 그런 곳에서 살며, 그러한 극한지방에서 탈출하지 못할까를 생각해 보지 않을 수가 없게 된다.

산다는 것은 참으로 눈물겹고, 안타깝고, 너무나도 서러운 최악의 사건이 아닐 수가 없다. 너무나도 때 이른 된서리에 폭삭 주저앉은 풀들과 너무나도 엄청난 폭설에 가지가 부러지고 줄기가 꺾인 나무들, 너무나도 엄청난 홍수에 둥둥 떠내려가는 나무와 집들과 짐승들, 이상 가뭄과 불볕더위에 그토록 무시무시한 생명이 끊어진 코끼리와 사자들―, 다른 한편, 그러나, 이 엄청난 자연의 재앙과 천재지변 속에서도 살아남은 생명들을 보면 너무나도 가슴이 벅차고 저절로 고개가 숙여지기도 한다. 모든 생명이 가진 최대의 기적은 살아남는 것이며, 이 살아남는 것이 최고의 예술이 되고 있는 것이다.

혹한은 너무나도 엄청난 재난이고, 이 재난은 동병상련의 애정을 불러 일으킨다. "혹한이 와서 오늘은 큰 산도 앓는 소리"를 내고 있었고, 문태준 시인이 "털모자를 쓰고 눈 덮인 산속으로 들어"갔을 때, "피난하듯 내려오는 고라니 한 미리를 우연히 만났"던 것이다. 문태준 시인도 생존의 눈길을 걷고 있었고, 먹을 것이 없는 고라니도 유일한 천적들의 거주지인 민가民家로 내려오고 있었던 것이다. "고라니의 순정한 눈빛과 내 눈길이 마주"쳤고, 따라서 "추운 한 생명이 추운 한 생명을/ 서로 가만히 고요한 쪽"으로 놓아줄 수밖에 없었던 것이다.

혹한은 너무나도 지독한 추위이며, 이 혹한은 모든 생명체들에게 그토록 무섭고 엄청난 살해위협을 가하는 고문과도 같다고 할 수가 있다. 하지만, 그러나 혹한은 생명살해의 고문과도 같지만, 다른 한편, 개체수의 조정과 종의 건강과 종의 보존의 법칙이라고도 할 수가 있다. 혹한은 우생학적으로 종의 건강을 보장하고, 이 종의 건강을 통해서 우주적인 조화를 창출해 내는 최고의 예술가라고도 할 수가 있는 것이다. 따라서 삶에 대한 의욕이 고라니의 순정한 눈빛과 내 눈길의 마주침에 의해서 일어나고, 그 결과, "추운 한 생명이 추운 한 생명을/ 서로 가만히 고요한 쪽"으로 놓아주는 우주적인 사랑으로 승화될 수밖에 없었던 것이다. 문태준 시인의 「눈길」은 동병상련의 애정의 '눈길'이고, '고요한 쪽'은 오직 단 하나뿐인 자기 자신이 아버지가 되고 종족의 미래가 될 수 있는 낙원이라고 할 수가 있다.

모든 생명체들의 최선의 길은 살아남는 것이며, 이 혹한기에 살아남는 것이 최선의 행복이라고 할 수가 있다. 왜냐하면 혹한기는 삶의 토대이자 행복의 조건이고, 모든 예술의 기원이라고 할 수가 있기 때문이다.

최 종 월
이름에 대한 명상

비문처럼 내 이름도 풍화작용 중입니다

가운데 돌림자가 쇠북이라 기생 이름 반열에 들어가지
못했어요
명월 춘월 애월 산월 추월
쇠북 종소리가 아름답지 않을 테니까요
조상이 불러준 내 이름이 묵은 악기같이 정이 들었어요

그대가 등 뒤에서 나직하게 나를 부르면
공기의 진동으로 나는 떨리고 있어요
가슴에 품는 따뜻한 달이 이름 끝에 매달리면 좋겠어요
꽁무니에 불빛 반짝이며 캄캄한 숲속으로 사라지는
반딧불 생애도 괜찮아요

푸른 발 얼가니새는 조상 이름을 물려받았지요

소금물에 절인 물갈퀴로 새끼를 덮어주고 잠재워요

부리에 찍힌 물고기 용트림에 바다 정수리는 멍들 테지만

그거 찰나예요

파도는 기억을 끝없이 삭제하고

같은 이름으로 살아갈 새끼 있는 곳으로 날아가요

묵은 악기 소리에 귀 기울여주는 그대에게

나는 마지막 연주를 보낼 거예요 그리고

홀연히 바스러지며 풍화작용은 끝이 납니다

유명 인사의 이름 뒤에는 사기꾼과도 같은 불순한 꼬리표가 붙어 있을 수도 있고, 보통 사람의 이름 뒤에는 그러나 명품악기(묵은 악기)처럼 그 아름다운 꼬리표가 숨겨져 있을 수도 있다. 전자의 유명 인사의 삶은 차라리 죽는 것이 더 나은 치욕으로 귀결되고, 후자의 보통 사람의 삶은 가장 아름답고 훌륭한 명예 속의 삶으로 기록될 것이다. 명예와 생명은 하나이며, 사회적 동물인 인간은 명예를 위해 살고, 명예를 위해서 죽어가지 않으면 안 된다.

최종월 시인의 「이름에 대한 명상」은 대단히 아름답고 깊이가 있는 철학적 성찰의 산물이며, 마치 '푸른 발 얼가니새'가 그 알을 깨고 날아오르듯이 이 세상에서 가장 아름다운 쇠북 종소리를 울려 퍼지게 하고 있다고 할 수가 있다. 푸른 발 얼가니새처럼 조상으로부터 물려받은 이름이 쇠북 종鍾, 달월月, 즉, '종월'이라 기생 이름의 반열에 들지는 못했지만, 그러나 "명월, 춘월, 애월, 산월, 추월"보다는

"조상이 불러준 내 이름이 묵은 악기같이 정이 들었"던 것이다.

대부분의 기생들은 그 옛날 전통사회에서의 잔치와 술자리에서 노래와 춤을 추던 여성들을 말하지만, 소수의 명기名妓들 이외에는 그 아름다운 이름 뒤에 숨어 사는 사회적 천민들에 지나지 않았던 것이다. 시인은 "명월, 춘월, 애월, 산월, 추월"의 이름보다는 못한 종월이지만, 그러나 "그대가 등뒤에서 나직하게 나를 부르면/ 공기의 진동으로" 떠는 쇠북같은 묵은 악기라고 할 수가 있다. 시인의 이름, 즉, 그 묵은 악기는 가슴에 품은 따뜻한 달 같기도 하고, 또한, "꽁무니에 불빛 반짝이며 캄캄한 숲속으로 사라지는/ 반딧불 생애" 같기도 하다. 사람은 죽어서 이름을 남기고, 호랑이는 죽어서 가죽을 남긴다. 아니, 술과 이름과 우정과 역사와 전통은 오래 묵을수록 새로운 것이고, 따라서, 고귀하고 훌륭한 것일수록 오래 묵은 것이다. 푸른 발 얼가니새가 조상으로부터 이름을 물려 받았듯이, 나 역시도 조상으로부터 '종월'이라는 이름을 물려받은 것이고, 파도가 푸른 발 얼가니새의 이름을 끊임없이 삭제하고, 또, 삭제해도 푸른 발 얼가니새들이 다시 태어나듯이, "비문처럼 내 이름이 풍화삭용"으로 사라져간다고 해도 "묵은 악기 소리에 귀 기울여주는 그대에게" 최종월 시인의 "마지막 연주"는 끊임없이 되풀이 될 것이다. 요컨대 최종월 시인과 푸른 발 얼가니새의 육체적 임무는 끝이 났지만, 그러나 그 이름들, 그 오래 묵은 악기의 연주는 끊임없이 되풀이 된다고 해도 틀린 말이 아니다. 모든 것이 가고, 모든 것은 되돌아오지만, 최종월 시인의 「이름에 대한 명상」과 묵은 악기의 명품연주는 영원히 전 세계에 울려퍼지게 될 것이다. 홀연히 바스라지며 풍화작용이 끝나지만, 그 이름과 명예는 풍화작용을 거느리며, 그 풍화작용 위에서 더욱 더 아름답고 고귀한 노래와 춤을 추게 될 것이다.

최종월 시인의 「이름에 대한 명상」을 살펴보면, 자기 자신의 이름에 대한 역사 철학적인 성찰이 없는 시인은 시인으로서 존재할 수가 없다. 제 아무리 "홀연히 바스라지며 풍화작용"으로 끝이 난다고 하더라도 나를 나로서 존재하게 한 이름에 대한 역사 철학적인 성찰이 없었다면 그는 천하의 사기꾼이나 불량배와도 같은 삶을 살다가 갔을 것이고, 그의 이름과 직업과 그의 업적도 그처럼 대단할 것이 없을 것이다. 이름은 나의 존재 증명이고, 보증수표와도 같고, 이름은 나의 존재의 역사이며, 그 어떤 금은보화보다도 더 소중한 명예라고 할 수가 있다.

최종월 시인의 「이름에 대한 명상」은 너무나도 아름답고, 너무나도 소중한 묵은 악기와도 같다. 오래 묵고, 오래 묵은 이름과 명예와 악기일수록 전 인류의 마음을 사로잡고 영원불멸의 삶을 살아간다.

김 기 준
브이아이피 증후군

잘 좀 봐 주세요 명함을 내밀며 어느 자리에 있고 누구
랑 친하며 이러지들 좀 마세요 푸른 지붕 근처에 마취하러
갔더니 눈 감고도 집어넣던 주사바늘 비껴나고 기관 삽관
한 번에 되지가 않디이다 부탁 받고 수술한 환자 결과들
이 좋지 않아 힘들어 울부짖던 선배 후배들 보았으니 의사
를 선택하였으면 담담히 믿고 따르고 차라리 하늘에 빌며
부탁함이 어떠실까 환자를 환자로만 보아야 의식하지 아
니하고 손 떨지 아니하며 오직 전심전력 예리한 판단 빠른
결정할 수 있지 않겠느뇨 스님이 제 머리 못 깎듯 의사들
도 자기 몸과 가족 병 고치기 힘드오니 환자님들 괜한 걱
정 꼬옥 붙들어 매시고 원칙과 최선은 의사의 본능임 알아
주심 감사감사 빨리 완쾌하소서

우리 인간들에게 가장 고귀하고 소중한 것은 권력을 획득하는 것이라고 할 수가 있다. 권력이란 힘이고, 이 힘만큼의 자유를 획득하는 것이 가장 고귀하고 소중한 일이라고 할 수가 있다. 자유란 모든 일들을 자기 자신의 마음대로 행사할 수 있는 권리이며, 타인들에게 '무엇을 하라, 무엇을 하지 마라'라고 명령할 수 있는 권리라고 할 수가 있다. 권력이 증대된다는 것은 자유가 증대된다는 것이며, 자유가 증대된다는 것은 그 어떠한 반대파도 제거하고 절대군주가 될 수도 있다는 것이다. 철학의 아버지, 음악의 아버지, 바둑계의 황제, 진시황제, 알렉산더 대왕, 나폴레옹 황제, 민족시조인 건국의 아버지 등은 권력의 화신이며, 그 모든 가치들을 창출하고, 그 이름 밑에 만인들을 복종시켰던 것이다. 그들은 명령하기 위해 태어났던 것이고, 따라서 만인들 위에 군림하며, 무한한 자유를 향유 했던 것이다. 권력은 삶의 의지의 총체이자 모든 욕망의 원동력이고, '만인 대 만인'의 사생결단식의 투쟁을 불러일으킨다. 모든 군주는 천하무적의 상승장군이지만, 그러나 그는 그 절대 자유 속에서 무한한 고독과 불안과 공포 속에서 살다 가 가지 않으면 안 된다. 권력은 부자지간에도 나누어 가질 수가 없는 것이며, 수많은 충신들과 간신들이 언제, 어느 때 그 악마의 발톱을 들이댈는지도 모른다. 일찍이 마키아벨리가 모든 군주의 덕목은 '사자의 용맹함'과 '여우의 간지'가 있어야 된다고 역설한 바가 있듯이, 절대군주는 자비롭고 친절하기보다는 무자비한 철권 통치를 할 때 그 권력을 유지하기가 쉽다고 할 수가 있는 것이다. 사자는 늑대를 단번에 때려잡을 수가 있지만 너무나도 쉽게 함정과 올가미에 잘 걸리고, 여우는 인간의 함정과 올가미는 곧잘 피하지만 그의 천적인 늑대에게는 꼼짝달싹 못한다. 권력을 잡기도 무척이나 어렵지만, 권력을 유지하기는 '권불십년權不十年'이라는 말처럼 너무나도 어렵고 힘들다. 내가 판단하기로는 평화 시에는 더없이 자비롭고 친절한 덕으로 다스려야 하지만, 사회적 위기 시에는 마치 천둥번개와도 같은 철권으로 다스리는 것이 최고의 통치술이라고 할 수가 있다. 덕의 정치는 스스로 자발적인 복종을 강제하고, 철권의 정치는 그야말로 절대적인 복종을 강제한다. 알렉

산더 대왕과 나폴레옹 황제가 전 인류의 영웅이 되었던 것은 더없이 자비롭고 친절하기도 했지만, 다른 한편, 두 눈 하나 깜빡하지 않고 수십만 명씩, 수백만 명씩 살해를 할 수가 있었기 때문이었던 것이다.

권력은 힘이고, 힘은 자유이다. 자유는 황금왕관이고, 황금왕관은 천하제일의 아름다움이다. 아름다운 것은 무한한 찬양과 존경의 마음을 불러일으키고, 무한한 찬양과 존경의 마음을 불러일으키는 것은 너무나도 크나큰 무서움과 공포를 가져다가 준다. 권력과 자유도 하나이고, 아름다움과 추함도 하나이다. 존경과 공포도 하나이고, 지배와 복종도 하나이며, 이처럼 절대적인 상극은 하나의 끈으로서 묶여져 있다. 아주 작은 권력, 좀더 작은 권력, 평균의 이하의 권력, 좀더 큰 권력, 아주 큰 권력, 최고의 권력 등, 이 세상에는 수많은 권력들이 있고, 이 권력의 크기에 따라서 사회적 지위가 결정되며, 우리들은 모두가 다같이 이 권력관계 속에서 '지배와 복종'이라는 왕복운동을 하게 된다.

김기준 시인은 연세대 마취과 의사이며, 그 의사라는 사회적 지위 속에서 그 권력의 크기만큼 자유를 향유하면서 살아간다. 그의 「브이아이피 증후군」은 의사로서의 징치권력에 대한 두려움을 노래한 시이며, '의술의 자유'를 확보하기 위한 너무나도 당연한 요청이라고 할 수가 있다. 보통 사람의 보통 환자, 또는 그 어떠한 청탁도 없는 환자의 경우라면 그의 지식과 능력대로 마음껏 진료와 시술을 할 수가 있지만, "잘 좀 봐 주세요 명함을 내밀며 어느 자리에 있고 누구랑 친하며" 청탁을 하는 '브이아이피' 환자들은 그야말로 골칫거리가 아닐 수가 없다. 몸이 굳고 힘이 들어가면 홈런은커녕 안타도 칠 수가 없는 것처럼, 병명 이외의 사회적 압력이 가해지면 손이 부들부들 떨리고 곧바로 의료사고로 이어지게 된다. 청와대, 즉, "푸른 지붕 근처에 마취하러 갔더니 눈 감고도 집어넣던 주사바늘이 비껴나고 기관 삽관 한 번에 되지" 않았던 것이 그것이고, "스님이 제 머리 못 깎듯 의사들도 자기 몸과 가족들의 병 고치기"가 힘들어 진다.

'브이아이피'란 특별한 권리와 특별한 대접을 받을 수 있는 상류 사회의 인사들을 말하며, 이 상류 사회의 인사들을 잘못 치료했다가는 그 어떤 봉변을 당하게 될는지도 모른다. '브이아이피'는 이익과 불이익, 출세와 퇴출 등의 양날의 칼을 움켜쥐고 있는 자들이며, 그들의 권력이 오히려, 거꾸로 의사의 자유를 짓밟고 "환자를 환자로서" 대하지 못하게 만든다. '브이아이피 증후군'이란 상류 사회의 인사들 앞에서 어떤 일정한 증후가 나타나는 병적 현상이며, 따라서 이 증상들을 뿌리 뽑고 의료사고를 방지하기 위해서는 오직 의사를 믿고 의사의 진료와 처방에 따르지 않으면 안 된다.

인간으로서의 만인은 평등하지만, 사회적 지위 앞에서는 만인이 평등하지 않다. 법 앞에서는 만인이 평등하지만, 개인의 자유 앞에서는 만인이 평등하지 않다. 김기준 시인의 「브이아이피 증후군」은 의사들의 숙명적인 질병이며, 의사가 의사로서 살아가는 존재의 토대이기도 한 것이다.

인간은 평등하지만 인간의 권력은 평등하지 않고, 이 말장난의 토대 위에서 상류 사회의 의사의 권력은 보다 큰 권력 앞에서 부들부들 떨게 된다.

권력 앞에서는 만인이 평등하고, 권력 앞에서는 최하천민도, 절대군주도 모두가 다같이 부들부들 떨게 된다.

김 석 돈

갯바람체로 쓰는 편지

갯그령, 볏과의 여러해살이풀
목 길게 빼고 신두리 사구에 서 있다

가족들 빠져나간 텅 빈 집에
홀로 남겨진 독거노인의 모습 같다
입 닫아걸고 혀 묶어버린 채
바람 부는 대로 흔들리는 야윈 체구

저 물 건너
금방이라도 누군가 찾아올 것만 같은지
두 눈 바다에 띄워놓고
물결 소리를 더듬어 본다

그마저 싱거웠든지
곧추세웠던 까치발 풀썩 내려놓고

늘어진 이파리 끝으로
모래 위에 갯바람체 편지를 쓴다

손끝 닳아 뭉그러지는 줄 모르고
쓰고, 또 써 내려가는 독거의 절규
서늘한 먹구름
모래 언덕을 덮치건만
갯그령 붓놀림 멈출 줄 모른다

그나저나 저놈의 편지는 언제 부치나

김석돈 시인의 「갯바람체로 쓰는 편지」는 내가 읽은 어느 편지보다도 아름답고, 그 어떤 것보다도 최악의 조건 속에서 살아가는 '독거노인'의 간절한 절규를 노래한 시라고 할 수가 있다. 갯그령은 볏과의 여러해살이풀이고, 목 길게 빼고 신두리 사구에 서 있다. 그 모습은 마치, "가족들 빠져나간 텅 빈 집에/ 홀로 남겨진 독거노인"과도 같고, "입 닫아걸고 혀 묶어버린 채/ 바람 부는 대로 흔들리는 야윈 체구"는 차라리 죽는 것만도 못한 삶에 지나지 않는다. "저 물 건너/ 금방이라도 누군가 찾아올 것만 같은지/ 두 눈 바다에 띄워놓고/ 물결 소리를 더듬어" 보지만, 그러나 그것은 '헛된 바람-공연한 기대'에 지나지 않는다. 따라서 '헛된 바람-공연한 기대'를 버리고 "곧추세웠던 까치발 풀썩 내려놓고/ 늘어진 이파리 끝으로/ 모래 위에 갯바람체 편지를" 쓰지만, 그러나 "손끝 닳아 뭉그러지는 줄 모르고/ 쓰고, 또 써 내려가는 독거의 절규"는 그 어디로 보낼 곳조차도 없다. 물길이 막히면 둑이 붕괴되듯이, 오래 산다는 것은 최악의 신성모독의 결과이며, 하늘 끝까지, 우주 끝까지 분노한 자연은 너무나도 무섭고 섬뜩하게 그 보복을 감행한다.

'저출산－고령화 현상'의 너무나도 섬뜩하고 끔찍한 재앙은 이기주의가 극단화되어 모든 인간관계가 파탄을 맞이하게 된 것이고, 모든 사랑과 믿음이 붕괴된 대가로 부모 형제와 친구와 친구, 민족과 민족, 국가와 국가, 목사와 신도, 스승과 제자 사이에 무차별적인 소송전이 남발하게 된 것이다. 트럼프와 조 바이든 미국 대통령, 낸시 펠로시 하원의장, 파월 연준의장 등에서처럼 늙으면 늙을수록 더욱 더 뻔뻔하고 집요하게 탐욕스럽고, 오직 자기 자신의 이익만을 생각하며, 이 산송장과도 같은 늙은이들의 입장에서 젊은이들의 미래와 인류의 미래를 생각하게 된다. 더 많이 생산해야 하고, 더 많이 소비해야 하고, 더 많이 돈을 벌어야 하는 자본주의 사회에서 '실버산업'은 가장 큰 성장산업이 되었고, 모든 선진국가의 전체 예산 중 30% 이상을 이 산송장과도 같은 유령들의 복지비용으로 쓰고 있는 것이다. 천연자연은 고갈되어 가고, 지구는 점점 더 불타오르고 있는데도, 국가와 국가, 민족과 민족, 개인과 개인들이 마치 돈벌레들처럼 오직 눈앞의 이익만을 위해서 그토록 처절하고 피비린내 나게 싸우고 있는 것이다. 첫째도 돈이고, 둘째도 돈이고, 셋째도 돈이고, 최후의 임종 때까지도 돈이다. 돈은 천하무적의 상승장군이고, 최고의 명예이며, 돈이 모든 인간들을 다 굴복시킨 전제군주가 된 것이다.

갯그령, 볏과의 여러해살이풀에 독거노인의 존재를 부여하고, 오늘날 독거노인이 처한 최악의 생존조건과 함께, 그 절규를 가장 아름답고 처절하게 노래한 것은 김석돈 시인의 앎이 육화된 결과라고 할 수가 있다. 갯그령과 독거노인이 하나가 되어 있고, 신두리 사구의 최악의 생존조건이 너무나도 정확하게 그들의 삶의 조건과 일치되어 있다. 앎은 사물과 인간의 생존을 꿰뚫어 보고, 비록, 이 세상에서 버림을 받고 쓸모없는 생명체이기는 하지만, 그 구원─그 간절한 생존의 노력을 너무나도 아름답고 처절하게 노래를 한 것이다. 어떤 생명체도 그 생존의 노력은 아름다운 것이지만, 하루바삐 인간의 이성을 회복하여 서산의 아름다운 낙조처럼 진짜 이별이 가능한 '인간수명제'를 실시해야 한다.

지구촌은 우리 젊은이들의 미래의 삶의 터전이 되어야 하고, '인생 70'이면 누구나 자발적으로 우리 젊은이들의 미래를 위해서 자발적인 존엄사를 선택할 수 있는 기회를 마련해 주어야 한다.

만국의 젊은이들이여, 단결하라!

이 지구촌의 주인공은 젊은이들이고, 젊은이들이 젊은이들의 미래의 삶의 터전인 지구촌을 가꾸어 나가지 않으면 안 된다.

한 현 수

적는다

보고 싶다고 말하지 않고

안녕,

적는다

당신의 이름처럼 적는다

풀꽃 작은 둥지에

흰 서리 같은 시간이 내려앉는다고

말하듯 안녕,

당신의 빈 자리에

적는다

고대 스파르타 사람들은 자식이 전쟁터에서 살아 돌아오면 몹시 부끄러워했고, 자식이 전쟁터에서 전사를 했다고 하면 몹시 아들을 칭찬하며 장하게 생각했다고 한다. 스파르타의 아버지인 리쿠르코스는 스파르타의 법률을 제정하고, 그 법률에는 어떠한 사심도 없다는 것을 증명하기 위하여 자살을 했으며, 따라서 스파르타 사람들은 절대로 사면복권을 하지 않았다고 한다. 『탈무드』의 유태인 랍비는 그의 아들이 죽었어도 '하나님이 맡긴 보석'을 가져가신 것으로 생각했고, 몽테뉴는 그의 세 아들이 비명횡사를 했어도 슬퍼하거나 눈물을 흘리지 않았으며, 그는 몸이 아파도 절대로 의사를 부르지 않았다고 한다. 사는 법을 배우는 것은 죽는 법을 배우는 것이고, 죽는 법을 배우는 것은 사는 법을 배우는 것이다.

'안녕'이란 아무 탈이나 걱정이 없는 편안한 상태를 말하고, 아주 친한 사이에 서로 만나거나 헤어질 때 사용하는 말이라고 할 수가 있다. 한현수 시인의 「적는다」는 이 세상을 떠난 사람의 명복을 기원하는 시이며, 그의 「적는다」는 대단히 감정이 절제되어 있지만, 그러나 '안녕'이라는 말에는 그 어느 누구보다도 망자에 대한 뜨거운 사랑이 담겨 있다고 할 수가 있다. "보고 싶다고 말하지 않고// 안녕,/ 적는다// 당신의 이름처럼 적는다"라는 시구가 그렇고, "풀꽃 작은 둥지에/ 흰 서리 같은 시간이 내려앉는다고// 말하듯 안녕/ 당신의 빈 자리에/ 적는다"라는 시구가 그렇다.

'풀꽃 작은 둥지'는 무덤이 되고, '흰 서리 같은 시간이 내려앉는다'는 그가 이미 이 세상을 떠나갔음을 뜻한다. '안녕'은 그의 이름이 되고, '안녕'은 그에 대한 그리움이 된다. '안녕'은 그의 자유가 되고, '안녕'은 그의 행복이 된다. 이미 이 세상을 떠나간 사람은 돌아올 수 없는 사람이며, '사는 법과 죽는 법'을 배운 시인은 자기 자신의 감정을 절제하지 못해 목 놓아 우는 대신에, '안녕', '안녕'이라고 너무나도 정중하고 사려깊게 망자에 대한 명복을 기원한다.

하루를 살거나 천년을 살거나 그것은 모두가 똑같은 '자연의 이치', 즉, '운명'인 것이다. 사는 법과 죽는 법을 배운 자는 운명과 함께 놀며 살아가지, 그 운명 앞에서 '생떼'를 쓰며 살아가지는 않는다. 시인은 인간의 영혼을 치료하는

사람이고, 의사는 인간의 육체를 치료하는 사람이다. '시인
─의사', 또는, '의사─시인'으로서의 한현수는 이 세상의
부모형제와 친구와 이웃들의 "풀꽃 작은 둥지에/ 흰 서리
같은 시간이 내려앉"으면, 그들의 빈 자리에 앉아서 "보고
싶다고 말하지 않고" "안녕"이라고 적는다.

시인은 많이 아는 자이고, 많이 아는 자는 일희일비─喜
─悲하지 않으며, 자기 자신의 마음을 다스릴 줄 안다. 한현
수 시인의 「적는다」는 그의 기원이고 희망이며, 이 세상에
대한 무한한 삶의 찬가라고 할 수가 있다.

희로애락 등의 인간감정을 초월한 아름다움과 생사를
초월한 아름다움 등이 '안녕'의 메아리로 울려 퍼지며, 한
현수 시인의 「적는다」의 장중함과 숭고함으로 그 대미를
장식하게 된다.

김 지 요

블루진을 찾습니다

빨간 티에 블루진을 입고

초록초록 정글로 가네

햇살이 팽팽하게 당겨져

뱀의 입 속으로 놀러가기 딱 좋은 날

무성한 나무들이 두리번거리며

뱀과 공모 중이었어

맹랑한 꼬맹이를 삼켜버리자고

철딱서니 개구리 블루진은

다리를 까닥거리며

정글의 삶은 징글징글

하품이 나올 지경

서로의 독을 나누는 키스쯤이야

\>

죽을 테면 죽어야지

살 테면 죽어야지

사라진 블루진을 찾습니다.

소스라쳐 뒷걸음치던 뱀은 또 어디로 갔나요

컴컴한 뱀의 아가리로 투어를 가실 분들

비굴함을 가릴 마스크 따위

벗어던지기 딱 좋은 날

세상 위험한 철딱서니가 되어

풍덩!

* 코스타리카블루진(딸기독화살개구리)

이 세상에서 가장 즐겁고 행복했던 때는 그 어느 것도 제대로 알지 못했던 철부지 개구쟁이 시절이 아닐까 생각된다. 선과 악도 모르고 적과 동지도 모르던 철부지 개구쟁이 시절, 전쟁과 평화도 모르고 삶의 공포와 죽음의 공포도 모르던 철부지 개구쟁이 시절—, 하지만, 그러나 이 철부지 개구쟁이 시절은 그 모든 것이 즐겁고 기쁘고, 이 세상은 영원한 동요와 동시가 지배를 하게 된다.

김지요 시인의 「블루진을 찾습니다」는 너무나도 무섭고 끔찍한 세계적인 대재앙인 코로나 팬데믹을 정글의 법칙으로 노래한 '반동요'와 '반동시'라고 할 수가 있다. 정글은 야생의 숲이며, "죽을 테면 죽어야지/ 살 테면 죽어야지"라는 시구에서처럼 너무나도 무섭고 끔찍한 생존투쟁이 벌어지는 장소라고 할 수가 있다. 이 정글의 무대의 주인공은 코스타리카블루진, 즉, 딸기독화살개구리이며, 그 주제는 "뱀의 아가리"로 사라진 딸기독화살개구리를 찾는 것이라고 할 수가 있다.

영원한 철부지인 딸기독화살개구리는 "빨간 티에 블루진을 입고/ 초록초록 정글로" 들어갔고, 그날은 "햇살이 팽팽하게 당겨져/ 뱀의 입 속으로 놀러가기 딱 좋은 날"이었던 것이다. "무성한 나무들이 두리번거리며" "맹랑한 꼬맹이를 삼켜버리자고" "뱀과 공모 중이었"지만, 그러나 "철딱서니 개구리 블루진은/ 다리를 까닥거리며" "죽을 테면 죽어야지/ 살 테면 죽어야지"라고, 삶과 죽음을 초월한 듯, 너무나도 당당하고 의연하게 뱀의 입 속으로 들어갔던 것이다.

하지만, 그러나 김지요 시인의 「블루진을 찾습니다」는 딸기독화살개구리의 살신성인과 임전무퇴의 희생정신을 노래한 시가 아닌데, 왜냐하면 "햇살이 팽팽하게 당겨져/ 뱀의 입 속으로 놀러가기 딱 좋은 날"과 "정글의 삶은 징글징글// 하품이 나올 지경// 서로의 독을 나누는 키스쯤이야"라는 시구들에서처럼, 이 세상의 삶에 대한 권태가 주조를 이루고 있기 때문이다. 이 세상에는 두 가지의 질병이 있는데, 첫 번째는 가난이고, 두 번째는 권태라고 할 수가 있다. 가난은 먹이활동이 어려운 처지를 말하고, 권태는 이 세상에서의 삶의 의미(목표)와 그 권리를 잃어버린 것이라고 할 수가 있다. 스마트폰과 컴퓨터와 인공지능과 자동차와 비행기가 우리 인간들의 영혼과 육체의 구세주가 된 사회, 부모형제와 친구와 이웃사람들과 동료들이 "서로가 서로의 독을 나누는 키스쯤"을 예사로 아는 사회, 수많은 신약개발과 이종교배와 줄기세포배양으로 만병을 통치하고 장수만세의 시대를 연출한 사회—. 하지만, 그러나 오늘날의 장수만세의 사회는 서로가 서로를 적대시 하는 사회이며, 코로나 팬데믹이라는 세계적인 대재앙에서 빠져나올 수가 없는 사회가 되어버렸다고 할 수가 있다.

김지요 시인의 「블루진을 찾습니다」의 동요와 동시, 또는 영웅극의 색채는 반동요와 반영웅극이 되고, 그 철부지 개구쟁이의 웃음은 이 세상을 그 어느 누구보다 저주하고 물어뜯는 웃음(야유)이 된다. 요컨대 딸기독화살개구리는 이 세상의 정글의 법칙을 혐오하는 자살특공대의 선봉장이며, 그의 「블루진을 찾습니다」는 "빨간 티에 블루진을 입고" "컴컴한 뱀의 아가리로 투어를 가실 분들", 즉, 자살특공대원들을 모집하는 시라고 할 수가 있다.

세계적인 대재앙인 코로나 팬데믹 앞에서 모두가 다같이 자기 자신의 출신성분과 사상과 이념까지도 마스크로 숨긴 채 정체불명의 유령처럼 이곳 저곳으로 떠돌아 다니게 된다. 오직 자기 자신만이 살아 남겠다고 자기 자신의 양심마저도 속이고 도덕과 풍습의 미덕을 짓밟으며, 끊임없이 타인과 이웃들을 불신하면서 살아간다. 이 인간과 인간들의 최종적인 불신상태를 맞이하여 김지요 시인은 그의 시, 「블루진을 찾습니다」에서 이렇게 외치고 있는 것이다.

컴컴한 뱀의 아가리로 투어를 가실 분들/ 비굴함을 가릴 마스크 따위/ 벗어던지기 딱 좋은 날/ 세상 위험한 철딱서니가 되어/ 풍덩!

그렇다. 이것이 자살특공대의 충족이유율이며, 존재의 정당성이기도 한 것이다.

딸기독화살개구리는 머리부터 허리까지는 빨간색이고, 다리는 선명한 파란색이며, 이 청바지를 입은 듯한 파란색 하체 때문에 '코스타리카블루진'이라고 부르게 되었다고 한다. 딸기독화살개구리는 생존을 하기 위해 선택과 집중을 했는데, 왜냐하면 독을 품기 위하여 에너지를 소비하기로 하고, 그 신체의 크기를 포기했기 때문이다. 따라서 천적인 뱀이 딸기독화살개구리를 잡아 물면 이미 독이 흘러나와 그 뱀은 개구리를 먹지 못하고 뱉아내게 된다고 한다. 딸기독화살개구리는 그 뱀의 턱힘을 견디지 못해 곧바로 죽게 되지만, 이 개구리의 희생 덕분에 전체 딸기독화살개구리는 뱀으로부터 자기 자신들의 삶을 확보하게 되었다고 한다. 하지만, 그러나 뱀도 계속 진화를 해서 이 딸기독화살개구리를 잡아먹는 뱀이 등장했는데, '갈색대부리뱀'이 그것이라고 한다.

"자연에는 영원한 강자도 없고, 영원한 생존자도 없다. 진화의 수레바퀴가 굴러가는 한 생명의 변화는 계속된다. 살아남기 위한 또다른 선택과 적응도 영원히 계속된다."

(EBS 블로그)

손 택 수
고군산군도

외로움도 이젠 섬의 차지가 아니다

애인이 생기면 무인도에 가서
배를 끊겠다던 청춘은
어디로 갔나

무인카페에서 반나절 보내고
숙소는 무인호텔, 슈퍼도 무인점포
무인이 수두룩하다

천 리 만 리
가끔씩은 한밤에 혼자서
바다를 찾아가던 내가 그립다는 사람아

섬을 잃고 마침내 나는
섬이 되었다

손택수 시인의 「고군산군도」는 전라북도 소재의 실제의 장소이면서도 우리 인간들의 상상(악몽) 속에서만 존재하는 선험적 장소라고 할 수가 있다. 이 선험적 장소(가상의 장소)는 무인카페와 무인호텔과 무인점포라는 개념들로 이루어진 장소이며, 그 어느 누구와도 인간 관계가 끊어진 외톨박이의 육체로 이루어진 「고군산군도」라고 할 수가 있다.

　　"외로움도 이젠 섬의 차지가 아니다"라는 대전제의 기원에는 "애인이 생기면 무인도에 가서/ 배를 끊겠다던 청춘은/ 어디로 갔나"라는 탄식이 쏟아져 나오고, "무인카페에서 반나절 보내고/ 숙소는 무인호텔, 슈퍼도 무인점포/ 무인이 수두룩하다"라는 현대사회의 세태풍조가 나타나게 된다.

　　너도 섬이고, 나도 섬이다. 그 사내도 섬이고, 그녀도 섬이고, 우리는 모두가 다같이 「고군산군도」로만 존재한다. "천 리 만 리" "무인도"를 찾아가서 사랑하는 애인과 함께,

첫 인류의 조상처럼 이상낙원을 건설하겠다는 꿈은 그 어디론가 사라져가 버린 지도 오래되었고, "섬을 잃고" 그 어떤 꿈과 희망도 없는 손택수 시인 자신이 「고군산군도」가 되어버린 것이다.

"인간이 사유하는 것이 아니라 언어가 사유한다"라는 구조주의가 '저자의 죽음'의 신호탄이었다면, 돈이 돈을 낳고 돈이 만물의 창조주가 되는 '디지털 자본주의'는 '인간의 죽음'의 신호탄이었다고 할 수가 있다. 돈이 정치권력의 상징이자 경제권력이 되었고, 돈이 문화권력의 상징이자 이 세상의 만물의 창조주가 되었다. 우리 인간들은 '아버지의 아버지'와 수많은 조상들을 숭배하지 않고 돈을 숭배하며, 이 돈의 크기에 따라 수직적인 서열제도를 구성하며 살아가게 된다.

더 많이 생산하고 더 많이 소비하며, 더 많은 돈을 축적해야 한다는 '디지털 자본주의'는 '저비용—고효율 구조'를 가장 좋아하며, '무인카페, 무인호텔, 무인점포'처럼 고용 없는 성장의 신화를 창출해 냈다고 해도 과언이 아니다. 돈은 가정과 국가와 사회를 파괴하는 악마이며, 돈은 우리 인간들의 인간성을 말살하기 위해 다음과도 같은 일을 해 냈다고 할 수가 있다. 첫 번째는 컴퓨터를 개발하여 우리 인간들의 사유의 능력을 빼앗아버린 것이고, 두 번째는 자동차와 스마트폰과 인공지능을 개발하여 시공간을 자유롭게 넘나들며, 언제, 어느 때나 돈 앞에서 충성을 맹세하고 복종을 하게 만들었던 것이다.

이 세상의 삶이란 인간이 자기 자신의 욕망을 쫓아 사는 것을 말하고, 따라서 이 욕망의 적나라함을 순치시켜 꿈과 희망으로 부르게 되었던 것이다. 꿈과 희망은 자기 자신의 삶의 목표이면서도 타인들과 이웃과 함께 하는 공동체 사회에 맞닿아 있으며, 우리 인간들은 이러한 공동체의 꿈을 도덕과 풍습의 미덕으로 장려를 해왔던 것이다. 하지만, 그러나 '디지털 자본주의'는 이러한 꿈과 희망을 삭제해버리고, 오직 돈만을 최고의 목표로 상정해놓았다고 할 수가 있다. 첫째도 돈이고, 둘째도 돈이다. 셋째도 돈이고, 수천 번을 죽고 수천 번을 다시 태어난다고 해도 돈이다. 우리는 오늘도, 내일도 돈 앞에서 충성을 맹세하며, 오직 돈의 명예와 명성을 위해서라면 전통과 역사는 물론, 부모형제와 우리의 이웃들과 건국 시조의 목숨까지도 비틀어버린다. 우리는 '디지털 자본주의'의 '전사'로서 상표권과 저작권과 특허권으로 무차별적인 소송전을 벌이고, 그야말로 모든 인간들에게 인간성을 박탈하여 최후의 종착역과도 같은「고군산군도」로 가두어 버리게 되었던 것이다.

손택수 시인의「고군산군도」―, 꿈과 희망의 섬을 잃고, 우리는 모두가 다같이 '고군산군도'가 되었다. '디지털 자본주의'는 피도, 눈물도 없는 악마이며, 그 옛날의 도덕과 풍습의 미덕도 대청소해버렸다.

'디지털 자본주의 사회'는 '고군산군도의 사회'이며, '고군산군도의 사회'는 우리 인간들이 모두가 다같이 돈벌레가 되어 사회성을 잃어버리고, 외로움이라는 질병을 앓게 된다. 외로움은 반사회적인 단독자의 질병이며, '인간이라는 종'의 '멸망의 징후'라고 할 수가 있다.

손택수 시인의「고군산군도」, 모든 인간들이 강제노역을 하고 그 외로움으로 굶어죽어야 하는 지상낙원―.

김재언

꽃무릇, 붉다

무릇무릇

비에 젖은 화염이 번져간다

주저앉은 아우성이

고열에 시달리고 있다

저항을 틀어막은 입에서

터져 나오려는 불길

남아 있는 것들은 얼마나 더 남은 건지

깊어지는 것들은

얼마큼 더 깊어져야 하는지

질문을 풀어헤친 꽃들이

건너온 계절을 던진다

풀섶 찢던 땅속의 칠 년을

돋움 발로 밀어올린다

여름을 채우는 불꽃 자리
장대비가 순들과 앞다투고 있다

꽃무릇은 수선화과에 속하는 알뿌리식물이며, 우리가 아는 상사화와는 한 집안의 식물이라고 할 수가 있다. 상사화는 늦은 봄에 잎이 먼저 피고, 잎이 진 뒤에 분홍꽃이 피며, 꽃무릇은 이와 반대로 초가을에 꽃이 먼저 피고, 꽃이 진 뒤에 잎이 나오며, 꽃색깔은 붉은빛을 띠게 된다. 상사화와 꽃무릇의 꽃말은 '이루어질 수 없는 사랑'이며, 그것은 꽃과 잎이 영원히 만날 수가 없기 때문이다. 꽃과 잎이 이처럼 서로 만날 수 없기 때문에 상사화이며, 따라서 그리움과 아련함으로 회자되는 꽃이라고 할 수가 있다.

사랑은 모든 생명체들의 성적 욕망이며, 이 성적 욕망의 출구가 막히면 모든 생명체들은 크나큰 고통을 겪게 된다. 물길이 막히면 댐을 이루고, 마침내 그 댐이 붕괴되듯이, 밖으로 발산되지 못한 본능은 내면화되어 마치 활화산처럼 폭발을 하게 된다. 개인보다는 종種이 먼저이고, 모든 생명체는 이 종족의 명령을 수행하는 충복에 지나지 않는다.

사랑은 불이고, 불꽃이며, 언제, 어느 때나 활화산처럼 폭발을 한다. "무릇무릇"은 자연의 이치이고 순리이며, "비에 젖은 화염이 번져"나가고, "주저앉은 아우성이/ 고열에 시달"리게 된다. 하지만, 그러나 "저항을 틀어막은 입에서"는 "불길"이 터져 나오고, 모든 꽃밭과 모든 계곡들은 온통 시뻘건 불꽃으로 타오르게 된다.

꽃무릇의 붉디 붉은 활화산 —. "남아 있는 것들은 얼마나 더 남은 건지/ 깊어지는 것들은/ 얼마큼 더 깊어져야 하는지/ 질문을 풀어헤친 꽃들이" 계절을 건너와 활활활 타오른다.

꽃무릇은 약속이고, 약속은 희망이며, 꽃무릇은 꽃무릇의 영원한 미래이다. 약속도 활활활 타오르고, 희망도 활활활 타오르고, 꽃무릇의 미래도 활활활 타오른다. 수많은 시간과 세월도 타오르고, 수많은 고통과 상처도 타오르고, 서로가 서로를 만나지 못해 그리워하던 마음도 타오른다. "풀섶 찢던 땅속의 칠 년을/ 돋움 발로 밀어올"리고, 모든 장애물들을 불태우며, '꽃무릇'은 드디어, 마침내 자기 자신의 사랑을 이루어 낸다.

꽃무릇은 천하제일의 역전의 용사이며, 꽃무릇은 천하제일의 혁명가이다. 꽃무릇의 사랑은 날이면 날마다 새롭고,

이 새로움으로 꽃무릇은 꽃무릇의 최초의 아버지가 된다.

　물도 불이고, 불도 물이다. 물과 불은 모두가 다같은 에너지이며, "여름을 채우는 불꽃 자리"에는 "장대비"가 쏟아진다. 장대비는 축포이고, 꽃무릇은 이 장대비와 함께, 최후가 아닌 최초의 꽃무릇을 꿈꾼다.

　김재언 시인의 「꽃무릇, 붉다」는 야생의 불꽃이고, 활화산이며, 영원한 사랑을 노래한 서사시라고 할 수가 있다.

　이 세상에서 이루지지 않은 사랑은 없다.

손 익 태
마술의 세계

관객들은 알고 있지
서로 속고 속아야 마술이라고
흰색과 검은색은 자웅동색이라며
마술을 거는 자본의 세계

원근법과 입체기법 등을 자연에서
오려내어 문화사조라며 마술의
기본을 외우게 하는 입시학교
목 잘린 장미를 포장해
만남과 이별의 기호품으로
선물하는 플라스틱꽃 전시장

교란과 가증으로 현실보다 더 화려하게
포장하는 여의도 원형지붕 금뺏지의 마술
고양이와 개를 사람처럼 옷 입히고

삼시세끼 밥상 위에 초식동물과 생선의 살을 놓고
ㅡ오늘도 일용할 양식을 사기치게 하소서ㅡ
고양이와 개들에게 기도하며 사는 마술의 세계

농경 시대 살아계신 우리의 신을
우주과학 시대 사멸한 잡신을 불러내어
우리의 왕이라며 머리 조아려라
원하는 것을 내놓으라며 내놓지 않으면
가슴에 못 박으며 자신이 곧 신이라며
수리수리 마술을 거는

글로벌 네트워크 세계화 시대
히말라야 설산이 무너져 내리고
남극 빙벽이 녹아 내리고
북극 곰들의 터전이 사라지는
절묘하고 신비한 마술의 세계

현명한 자를 찬양하면 현명한 자가 그 권력을 가지고 행패를 부리고, 정의로운 자를 찬양하면 정의로운 자가 그 권력을 가지고 행패를 부린다. 돈과 명예와 권력은 물론, 현명함과 정의도 다 부질없는 것이고, 따라서 자연을 벗삼아 살아가라는 것이 노자의 '무위자연無爲自然'이라고 할 수가 있다.

　　노자의 '무위자연의 철학'은 그러나 그의 앎(지혜)의 극치이며, 그는 무위자연의 반대방향에서 끊임없이 학문연구를 하며 그 사상의 힘으로 전 인류의 스승이 되었다고 할 수가 있다. 노자는 손익태 시인의 「마술의 세계」의 주인공이며, 그 사기꾼의 힘으로 영원불멸의 삶을 살아가고 있다고 해도 지나친 말이 아니다. 모든 지혜란 사기 치는 기술이며, 유치원에서부터 대학교까지는 이론철학을 공부하고, 대학졸업 이후, 즉, 취업에서부터 죽을 때까지는 그 '이론철학'을 실천하면서 살아가게 된다. 농부는 곡식값이 비싸야 하고, 장사꾼은 더 많은 이익을 남겨야 한다. 의사는 사시사철 환자가 많아야 하고, 변호사는 언제, 어느 때나 소송사건이 많아야 한다. 명인과 명장은 자기 자신의 작품으로 큰돈을 벌어야 하고, 오늘날의 다국적 자본가들은 전 인류의 호주머니를 털어 더 큰 부자가 되지 않으면 안 된다. 전략과 전술은 필요한 것은 빼앗고 착취하는 교육제도의 산물이며, 이 싸움에서의 최종적인 승리자는 소위 세계적인 명문대학교 출신들이라고 할 수가 있다.

서로를 속이고 속여야 마술이 되고, 흰색과 검은색이 자웅동색이 되어야 마술이 된다. 마술의 세계는 사기의 세계이며, "원근법과 입체기법 등을" "문화사조"로 익혀야 대사기꾼, 즉, 최고급의 인식의 제전의 전사로서 성공을 하게 된다. 목 잘린 장미는 최고급의 인식의 전사의 꽃다발이 되고, 이 꽃다발의 모조품인 "플라스틱꽃"은 "만남과 이별의 기호품"으로 사용하게 된다. 국가를 교란시키는 그 가증스러운 농단으로 자기 자신의 돈과 명예와 권력만을 챙기는 국회의원들, 고양이와 개에게 자연에서의 살 권리와 죽을 권리를 빼앗고 '반려동물'이라는 미명 아래, 그토록 더럽고 교활하게 동물학대를 자행하는 인간들, 농경시대의 신과 단군시조의 목을 비틀어버리고, 유목민의 신인 예수를 믿으라며 그 신도들의 돈주머니를 가로채 가는 목사들—. 손익태의 「마술의 세계」는 오늘날의 '사기꾼 천국'을 풍자한 시이며, "오늘도 일용할 양식을 사기 치게 하소서"라는 그 간절한 기도가 울려 퍼지고 있다고 하지 않을 수가 없다.

고대 스파르타에서는 어린 아이들에게 사기 치는 법과 도둑질하는 법을 가르쳤다고 한다. 사기 치는 법과 도둑질하는 법을 가르쳤기 때문에 스파르타 국민들은 대단히 뛰어났고, 그 결과, 스파르타는 그리스의 최고의 국가가 되었던 것이다. 먹고 사는 것도 전쟁이고, 공부를 하고 기술을 연마하는 것도 전쟁이다. 문화예술도 전쟁이고, 스포츠와 오락도 전쟁이며, 이 세상의 그 모든 일들 중에서 싸움이 아닌 것은 없다. 하지만, 그러나, 이 전면적인 싸움의 국면에서도 도덕과 예의범절과 법률이 있지 않으면 안 되는데, 왜냐하면 우리 인간들은 사회적 동물들이기 때문이다. 어렵고 힘든 사람들은 도와주어야 하고, 좌절과 절망에 빠진 사람들에게는 한 줄기의 서광과도 같은 용기를 심어주지 않으면 안 된다. 상호 원조에의 의지도 있어야 하고, 상호 결사에의 의지도 있어야 한다. 분업과 협업을 통해 공동으로 생산하고 공동으로 분배하는 공동체의 의지도 있어야 하며, 이 공동체의 의지를 통해 그가 소속된 가정과 사회와 국가를 최고급의 지상낙원으로 가꾸어 나가지 않으면 안 된다.

자연은 만물의 터전이지, 우리 인간들의 소유물이 아니다. 모든 생명체들은 모두가 다 같은 권리를 가지고 있지, 우리 인간들만이 만물의 영장이라는 선천적인 권리를 갖고 있는 것도 아니다. 우리 인간들 역시도 늙고 병들면 모기 한 마리와 파리 한 마리조차도 이기지 못하고, 우리 인간들이 죽으면 제일 먼저 구더기들이 그 시체를 다 파먹게 된다. 한 줌의 흙에서 태어나 한 줌의 흙으로 돌아가는 '생명의 법칙' 앞에서, 우리 인간들은 더없이 겸손해지고, 이 세상에서 잠시 빌려 쓴 천연재화들을 다 두고 떠나가지 않으면 안 된다.

하지만, 그러나 이 자연의 법칙과 생명의 법칙을 끊임없이 거스르며 수명연장을 꾀하고, '부의 대물림'을 하는 우리 인간들의 오만방자함 때문에, 히말라야 설산이 무너져 내리고, 남극과 북극의 빙벽이 무너져 내린다. 사유재산은 신의 은총이 아니라 '자연의 재앙'이며, 이 '자연의 재앙' 때문에 손익태 시인의 「마술의 세계」는 그 종지부를 찍게 될 것이다.

사유재산은 사기이고, 사유재산은 만악의 근원이다. 사유재산은 불 타고, 사유재산은 대폭발을 하며, 전 인류를 소멸시킨다.

사유재산도 있을 수가 없고, 소유권도 있을 수가 없다. 왜냐하면 자연은 만물의 공동터전이기 때문이다.

이 미 순
과태료

한파로 길이 꽁꽁 언 아침나절
동서연합의원 쪽으로 두 노인이 걸어간다

지팡이를 든 노인이 한 노인의 어깨를 감싸고
감싸인 노인의 팔이 한 노인의 팔을 잡고가다
전봇대 아래서 빙판에 두 발이 엉켜 넘어진다

쓰레기 무단투기 단속 촬영중입니다 적발 시 100만원 이
하의 과태료가 부과되오니 쓰레기를 무단투기하지 맙시다

이것도 무단투기는 무단투기인지라
과태료 100만원에 덜컥 겁이 난 노인이 자빠진 생의 등
을 잡고 일어선다

아이고

\>

세월 빠진 소리를 내며 일어선 노인이

다른 노인에게 지팡이 끝을 빠르게 들이밀고

일어선 두 노인이 한 목숨처럼 붙잡고 간다

말이 먼저일까, 문자가 먼저일까? 물론, 말이 문자의 기원이고, 말이 없으면 문자는 존재할 수가 없었을 것이다. 말이 있기 때문에 사물을 인식하고 사물의 이름을 명명하며, 말이 있기 때문에 어떤 사건과 현상들을 탐구할 수가 있었던 것이다. 하지만, 그러나, 말은 형체가 없으며, 말하는 사람의 표정과 감정과 그 의미들을 우리 인간들의 기억 속에만 간직하게 되었고, 따라서 이 기억을 좀 더 오래 간직하고 보존하기 위하여 노래의 형태로 '구비문학'이 창출되었다고 할 수가 있다. 인간의 기억은 유효기간이 아주 짧고 변형되기가 쉬운 것임에 반하여, 문자의 출현은 마치 천지창조와도 같은 대사건이었다고 하지 않을 수가 없다. 문자는 천지창조며 신세계이고, 언제, 어느 때나 젖과 꿀이 흐르는 행복에의 약속이었다고 하지 않을 수가 없다. 왜냐하면 문자는 인간의 사유를 너무나도 분명하고 명확하게 해준 것은 물론, 인간과 인간들의 수명의 한계를 초월하여, 고대와 현대와 미래를 이어주는 역사의 발전의 원동력이 되어 주었기 때문이다. 문자는 하늘이 내린 축복이며, 언제, 어느 때나 최고급의 인식의 제전을 주재하며, 빛보다 더 빠른 속도로 우주왕복을 가능하게 해준 신이라고 할 수가 있다.

현대 언어학의 창시자인 소쉬르는 '문자는 언어의 장식이자 옷'에 불과하다고 역설한 바가 있지만, 그러나 그의 '말중심주의'는 문자의 타락만을 강조했을 뿐, 문자의 창조성과 그 중요성을 간과한 오류에 지나지 않았던 것이다. 말이 없으면 문자도 없고, 문자가 없으면 말도 없다. 이제 문자는 말의 육체가 되었고, 말은 문자의 영혼이 되었다고 할 수가 있다. 이 말과 육체의 결합에 의하여 우리 인간들은 전지전능한 신이 되었고, 오늘날의 시와 예술, 혹은 그 모든 문화는 인류의 역사상 가장 아름답고 찬란한 꽃을 피우게 되었던 것이다.

이미순 시인의 「과태료」는 말과 문자의 절묘한 결합이며, 과태료의 안과 밖에 얽힌 어떤 사건의 전혀 다른 이야기를 너무나도 재미있고 흥미진진하게 전개시켜 나간다. "한파로 길이 꽁꽁 언 아침나절/ 동서연합의원 쪽으로 두 노인이 걸어간다// 지팡이를 든 노인이 한 노인의 어깨를 감싸고/ 감싸인 노인의 팔이 한 노인의 팔을 잡고가다/ 전봇대 아래서 빙판에 두 발이 엉켜 넘어진다." 하필이면, 그곳이 쓰레기 무단투기 단속촬영중인 곳이었고, "적발 시 100만원 이하의 과태료가 부과"되는 곳이었다. 따라서 "쓰레기 무단투기 단속 촬영중입니다 적발 시 100만원 이하의 과태료가 부과되오니 쓰레기를 무단투기하지 맙시다"라는 구어체의 경고를 읽은 노인이 자기 자신의 몸을 쓰레기로 생각하고, 너무나도 깜짝 놀라 "아이고" "세월 빠진 소리를 내며" "두 노인이 한 목숨처럼 붙잡고" 그곳을 빠져나갔던 것이다.

때는 한파로 길이 꽁꽁 언 아침나절이었고, 장소는 쓰레기 무단투기 단속 촬영 중인 곳이었고, 이미순 시인의 「과태료」의 주인공은 두 노인들이라고 할 수가 있다. 두 노인은 쓸모없는 인간이 되었고, 쓸모없는 인간은 쓰레기가 되었다. 한겨울이 불모의 계절이고 그 어떤 꿈과 희망도 없는 계절이라면 세월이 빠져 달아난 두 노인은 이제 아무런 쓸모도 없는 인간 쓰레기에 지나지 않는다. 쓰레기 무단투기 단속 촬영 중인 곳과 두 노인은 어떤 사법적인 관계도 없지만, '자라 보고 놀란 가슴 솥뚜껑 보고 놀란다'는 말이 있듯이, 자기 자신의 몸과 마음을 쓰레기로 인식한 두 노인의 자괴감은 너무나도 이상야릇한 행동과 그 웃음을 유발시킨다. 요컨대 두 노인의 실족은 너무나도 뜻밖에 유쾌한 웃음을 야기시키지만, 그러나 그 두 노인이 「과태료」의 주인공이 되는 순간, 그 웃음은 진정으로 웃을 수도 없는 실소失笑가 된다. '저출산—고령화' 사회가 이 세상의 모든 노인들을 쓰레기로 만들고, 우리 노인들의 삶이 수많은 복지비용의 과태료가 되게 하고 있는 것이다.

과태료, 과태료, 과태료—.

우리 노인들의 영원한 형벌이자 전 인류의 문화유산(벌금)이라고 하지 않을 수가 없다.

박 정 란
화근

손바닥만 한 종산 하나가 화근이었다
뉘 이름이면 어때서
사촌 팔촌 하극상이 난무했다

큰 손자 이름으로 종산 묶어놓고
내 맘이 다 너희들 맘일 테지
믿거라 마음 놓고 길 떠나신 백부님

그게 뭐라고 육십 년 봉제사에 허리 굽은 종부
공들여 쌓은 탑도 무참히 무너져버렸다

물질 앞에서
벌겋게 타는 태양 하나씩 가슴에 떠안고
뒤도 안 돌아보고 흩어져 버렸다

\>

능선 따라 묻힌 조상님들의 한숨 소리가
소낙비 되어 세차게 쏟아붓고 있었다

빗물이 긋고 간 자리
피눈물을 흘리고 계셨다

이 세상과 이 우주는 만물의 공동터전이지, 어느 누구의 소유물이 아니다. 우리가 살아가면서 내 것과 네 것을 따지고, 공동체 사회와 국가의 영역을 따지는 것은 우리가 살고 있는 삶의 터전으로서의 아주 기본적인 영역다툼이었던 것이지, 그 모든 것을 사고 팔며, 더 많은 돈과 더 많은 영토(사유재산)를 확보하기 위한 자본주의적인 싸움이 아니었던 것이다. 그 옛날, 자본주의 사회 이전에는 개인의 권리는 아주 작고 사소한 것에 불과했고, 공동체 사회가 그 모든 전권을 다 가지고 처리했던 것이다.

하지만, 그러나 자본주의 사회가 탄생한 이후, 가정과 사회와 국가마저도 해체되고 개인이 모든 전권을 다 가지게 되었던 것이다. 사유재산과 소유권은 신성불가침의 성역으로 극대화되었고, 이 사유재산과 소유권을 획득하기 위하여 '만인 대 만인의 싸움'이 그토록 처절하고 잔인하게 일어나게 되었던 것이다. 물물교환의 편리함 때문에 사용되었던 화폐가 전지전능한 황금의 관을 쓰고 그 모든 산업 제도와 금융제도는 물론, 현대의 국가제도와 모든 국제기구를 장악하게 되었다. 모든 서열제도는 돈의 크기에 따라 구축되었고, 자본주의 사회의 최상위 포식자들은 자기 자신의 동족은 물론, 부모형제의 피와 살과 뼈까지도 아삭아삭 씹어먹는 폭식성을 자랑하게 되었다. 돈은 인류의 조상이자 우리들의 아버지가 되었고, 돈은 예수이자 부처가 되었다. 돈은 천하장사이자 백전백승의 총사령관이 되었고, 돈은 천하의 대사기꾼이자 모든 소송전을 주재하는 재판장이 되었다.

돈은 너무나도 맛있는 음식과도 같아서 우리는 모두가 다같이 미치광이가 되어 탐욕의 이빨을 자랑하게 된다. 지나치면 모자람만도 못하다는 말도 있지만, 이 탐욕은 '만인 대 만인의 싸움'의 「화근」이 되어 "사촌 팔촌 하극상"을 난무하게 만든다. 손바닥만 한 종산, 큰 손자 이름으로 묶어놓고, 이 종산을 토대로 조상의 얼을 기리며 문중의 번영과 행복을 기원했던 큰아버지, 그러나 그 큰아버지의 뜻을 받들며 "육십 년 봉제사에 허리 굽은 종부"의 공든 탑도 이 탐욕의 발톱에 순식간에 무너지게 되었던 것이다. 문중을 위해, 조국을 위해 돈을 내라고 하면 다 도망가고, 돈이 생긴다거나 이익이 생긴다면 사촌과 팔촌은 물론, 모든 인간들이 다 모여들게 된다. 너무나도 즐겁고 기쁜 스포츠와도 같은 소송전이 끝나면, "물질 앞에서/ 벌겋게 타는 태양 하나씩 가슴에 떠안고/ 뒤도 안 돌아보고 흩어져" 버렸다. "능선 따라 묻힌 조상님들의 한숨 소리가/ 소낙비 되어 세차게 쏟아"지고 있었지만, 그것이 자기 자신의 조상님들의 피눈물이라는 것을 아는 사람은 없었을 것이다. 인간은 돈이 되었고, 돈은 그 화려한 변신술에 의해 천의 얼굴을 지닌 악마가 되었다. 할아버지와 할머니도 악마가 되었고, 아버지와 엄마도 악마가 되었다. 친구와 동료들도 악마가 되었고, 스승과 제자도 악마가 되었다. 악마는 이처럼 번식을 하며, 소위 모든 인간들의 피를 다 빨아먹으며, 이 황금무대를 그 어떤 스포츠보다도 더 즐겁고 기쁜 소송전으로 연출해 놓았다.

인간의 이성은 광기가 되었고, 우리 인간들은 이 광기에 의해 동족상잔의 피비린내를 좋아하는 악마가 되었다. 황금무대는 돈의 무대이며, 돈의 무대는 이 세상의 삶의 의미와 삶의 권리를 다 잃어버리고도 오직 돈만을 생각하는 요양원과 요양병원을 지상의 천국으로 연출해 놓았던 것이다. 인류의 역사상 가장 큰 사업은 무병장수의 실버산업이며, 오늘날 황금무대의 최종적인 승자는 모든 복지비용을 다 빨아들이는 실버산업의 악마들이라고 할 수가 있다.

박정란 시인의 「화근」은 돈의 뿌리이자 재앙의 뿌리이고, 이 화근에 의하여 황금무대의 스포츠와도 같은 소송전이 자라나게 되었던 것이다. 양심도, 정의도, 도덕도, 인간성도 다 무너진 「화근」, 너무나도 끔찍해서 스포츠와도 같은 「화근」 앞에서, 그러나 박정란 시인의 양심의 가책이 장대비로 쏟아져 내린다.

시인의 힘은 너무나도 약하지만, 시의 힘은 모든 인류의 희망이자 그 모든 것이라고 할 수가 있다.

문중은 소위 모든 종친들의 본향本鄉이며, 문중의 선산은 조상의 제사를 지내며, 문중의 혈통과 문중의 번영을 위한 성소聖所라고 할 수가 있다. 자기 자신의 뿌리와 현재의 삶과 미래의 희망이 담겨 있는 이 성소가, 그러나 국토 발전과 도시화에 의한 재산(돈)으로 변모되었을 때, 바로 그때에는 너무나도 무자비하고 끔찍한 스포츠와도 같은 소송전이 일어나게 되었던 것이다.

남극과 북극의 빙하가 다 무너져 내리는 것도 남 모르는 일이고, 히말라야의 설산과 알프스의 설산이 다 녹아 내리

는 것도 남 모르는 일이고, 너무나도 끔찍한 이상기후로
지구촌이 폭발하게 되어 있는 것도 남 모르는 일이다.

현 순 애
곶감을 꿈꾸다

바람 넘나드는 문간방 처마
그늘에 매달려
아픔 말리고 있다

허공에 상처 부벼
껍질 만드는 일이다

흔들어댄 바람도 손 놓아버린 감나무 가지도 야속해
저 아래로 뛰어내리고 싶을 때
"괜찮다, 괜찮다"
제격인 찬 바람과 생각의 모서리에서 만난 햇살이
다독였다

배고픈 새도 염탐하는 곶감
벌써 일주일

눈물 빠져 자신을 추스르는 속내

서리 내린 하얀 분 피워올리며
뭉친 근육 주무르듯
상처난 속내 주무르고 있다

곳감은 우리나라의 대표적인 건조과일로 단맛이 아주 풍부한 영양간식이라고 할 수가 있다. 비타민과 미네랄과 식이섬유도 풍부하고, '탄닌'이라는 성분도 아주 풍부하며, 따라서 기관지와 혈관과 항균 등에도 아주 효능이 뛰어나다고 한다. 가을에 감의 꼭지는 그대로 두고 껍질을 모두 깎아낸 다음 곳감걸이에 걸어서 2~3주 동안 말려주면 천하제일의 곳감이 탄생하게 된다.

현순애 시인의 「곳감을 꿈꾸다」는 '출발 — 모험 — 싸움 (시련) — 탄생'이라는 영웅신화에 기초한 서정시라고 할 수가 있다. "바람 넘나드는 문간방 처마/ 그늘에 매달려/ 아픔 말리고 있다"와 "허공에 상처 부벼/ 껍질 만드는 일이다"라는 시구는 고통의 지옥훈련과정을 끝낸 전사와도 같고, "흔들어댄 바람도 손 놓아버린 감나무 가지도 야속해/ 저 아래로 뛰어내리고 싶을 때"/ "괜찮다, 괜찮다"/ 제적인 찬 바람과 생가의 모서리에서 만난 햇살이/ 다독였다"라는 시구는 그 고통의 지옥훈련과정 끝에 스승과 부모형제와 그의 이웃들을 원망하면서도, 그들의 무한한 애정과 성원에 보답하고자 하는 자기 수양의 과정을 뜻한다고 할 수가 있다. 백전백승의 최고급의 전사가 되려면 고산영봉을 자유자재롭게 뛰어다닐 수 있는 육체가 있어야 하고, 천하제일의 영웅이 되려면 그 모든 지식들을 발효시켜 최고급의 사상(곶감)으로 창출해내지 않으면 안 된다. 건강한 육체에 건강한 정신이 깃들고, 건강한 정신에 건강한 육체가 깃든다.

이 세상에서 가장 고귀하고 훌륭한 영웅들은 어떠한 사람들일까? 그들은 어떻게 태어났고, 무엇을 이룩했으며, 어떻게 죽어갔을까? 모든 영웅들은 부처와 예수처럼 영웅의 표지를 지니고 태어났으며, 그들은 그가 소속된 사회와 국가와 인류의 영광을 위하여 자기 자신의 단 하나뿐인 몸을 희생시켜 나갔던 성자들이라고 할 수가 있다. 우리 인간들은 사회적 동물인 만큼 사회성을 제거하고는 그 어떤 신화도 창출해낼 수가 없다. 도덕도, 법률도 이타적인 희생정신에 기초해 있고, 교육도, 문화예술도 이타적인 희생정신에 기초해 있다. 이타적인 희생정신이란 나를 나로서 존재하게 하는 목숨을 버리라는 것을 뜻하고, 이 사회적 명령의 극단적인 예가 '자살특공대'라고 할 수가 있다. '살려고 하면 죽고, 죽기를 각오하면 산다'는 임전무퇴의 희생정신이 그것이고, 이 '임전무퇴의 희생정신'은 '자살특공대'라는 무시무시한 말을 좀 더 세련되게 순치시킨 말에 지나지 않는다.

호머라는 곶감, 셰익스피어라는 곶감, 광개토대왕이라는 곶감, 태조왕건이라는 곶감, 세종대왕이라는 곶감, 보들레르라는 곶감, 랭보라는 곶감, 베토벤이라는 곶감, 모차르트라는 곶감, 서울이라는 곶감, 청주라는 곶감, 대한민국이라는 곶감, 니체라는 곶감, 쇼펜하우어라는 곶감, 공산주의라는 곶감, 염세주의라는 곶감, 낙천주의라는 곶감—.

곶감은 과일이고 상징이며, 기호이다. 곶감은 시인이고, 영웅이고, 영토이다. 곶감이 기호인 한 상징이 될 수도 있고, 우리는 이 상징을 통해 수많은 사상과 이론들을 창출해낼 수도 있다. 고귀하고 거룩한 말이 담겨 있고, 크고 위대한 뜻이 담겨 있다. 아름다움과 훌륭함의 뜻이 담겨 있고, 순수하고 순결한 뜻이 담겨 있다. 맛이 좋고 영양가가 풍부한 뜻이 담겨 있고, 모든 좋음과 행복한 뜻이 담겨 있다.

시는 사상의 꽃이고, 사상은 시의 열매(곶감)이다. 시와 사상, 영혼과 육체가 하나일 때, 이 '곶감의 철학' 속에 모든 새들이 군침을 흘리고, "서리 내린 분"이 하얗게 피어나며, 새로운 지상낙원이 열리게 된다.

현순애 시인의 「곶감을 꿈꾸다」의 주인공은 우리 한국어와 우리 한국인들의 영광 속에 전 인류의 스승으로 그 날개를 얻게 될 것이다.

현 순 애
봄바람

집 나갔던 강생이
지난 계절 어디서 쏘다니다 왔는지
묻지 않기로 하자

한때 광야에서
드넓은 초원에서
갈기 휘날리던 수컷이다

명지바람 꽁지
붓끝에 묶어
탱탱이 부푼 젖멍울 건들건들 희롱하는,
허공에 대고 속살 여는
태어난 것들의 아비다

봄물결 출렁이는

목덜미 붉은 어린 사월이 초상

수채화로 완성하고

홀연히 떠나가는 화공이다

싱싱하게 물오르는 오월이년 엉덩짝 그리며

지느러미에 근육 만들고 있다는

풍문,

뜨겁다

📖

수많은 음식점들 중에서 가장 좋은 이름은 '소문난 맛집'일 것이다. '소문난 맛집'은 수많은 고객들의 정평定評이며, 최고급의 영광이라고 할 수가 있다. 사시사철 벌과 나비들이 찾아오듯이, 선남선녀들이 기나긴 줄을 서며 기다릴 때, 소문난 맛집은 돈을 벌고 고객 중의 고객들보다 더 높은 사회적 지위와 명예를 얻게 될 것이다.

인간 중의 인간은 영원한 청년이며, 영원한 청년은 현순애 시인의 「봄바람」의 주인공과도 같다. 봄바람은 집 나갔던 강생이(강아지)가 되고, 집 나갔던 강생이는 "한때 광야에서/ 드넓은 초원에서/ 갈기 휘날리던 수컷"이었던 것이다. 영웅은 호색가라는 말이 우연이 아닌 것처럼, 출신성분이 좋고 건강하고 뛰어난 두뇌의 청년은 「봄바람」의 주인공이며, 종족의 명령에 따라 더 많이, 더 빨리 자기 자신의 씨앗을 파종하지 않으면 안 된다. 명지바람, 즉, 보드랍고 화창한 바람에 꽁지 묶어 마치, 인공수정하듯이, "탱탱이 부푼 젖멍울 긴들건들 희롱하는" 영원한 청년은 모든 "태어난 것들의 아비"가 되고, "봄물결 출렁이는/ 목덜미 붉은 어린 사월이"를 "싱싱하게 물오르는 오월이년 엉덩짝 그리며," 하루바삐 성장하도록 "지느러미에 근육을 만들"어 주고 있는 것이다.

봄바람은 천의 얼굴을 지녔고, 봄바람은 모든 불가능을 가능하게 해준다. 현순애 시인의 「봄바람」은 소문난 맛집, '풍문'의 주인공이자 천하제일의 바람둥이이며, 정글의 법칙이든, 자연의 법칙이든지 간에, '성의 향연'을 주재할 권리를 가진다. 집 나갔던 강생이를 드넓은 초원에서 갈기 휘날리던 수컷으로 변모시키는 힘도 탁월하고, 명지바람 꽁지 묶어 숫처녀들 탱탱이 부푼 젖멍울을 희롱하는 솜씨도 탁월하다. 목덜미 붉은 어린 사월이를 수채화로 완성하는 솜씨도 탁월하고, "싱싱하게 물오르는 오월이년 엉덩짝 그리며 지느러미 근육을" 만들어주는 솜씨도 탁월하다.

시인의 언어는 만사형통의 언어이며, 이 언어로 하지 못할 일은 하나도 없다. 언어로 인간의 사상과 감정을 표현하고, 언어로 음악을 만들고, 언어로 모든 사람들과 사물들을 그린다. 언어로 보이지 않는 것과 존재하지 않는 가상의 세계를 창조하고, 언어로 사랑과 평화와 행복을 주재한다. 언어로 그 옛날 사람들과 현재의 사람들을 만나게 하고, 언어로 과거와 현재와 미래를 이어주며, 더욱더 넓고 풍요로운 새로운 우주를 창출해낸다.

현순애 시인은 무정형의 「봄바람」을 인간화시키고, 그 봄바람을 너무나도 엄청난 '성의 향연'의 주인공이자 명품 인간으로 변모시켜, 이 세상의 최고급의 '성의 향연'을 연출해놓는다.

현순애 시인은 하늘도 감동하고, 시신詩神마저도 감동할 만한 명시名詩, 즉, 「봄바람」의 시인이라고 할 수가 있다.

김 정 원
어머니의 무게

한쪽에는 세계 전부를 올려놓고

다른 한쪽에는 어머니를 모셨다

천칭 저울이 어머니 쪽으로 기울었다

어머니는 '나'를 '나'로서 존재하게 한 어머니이며, 우주가 만물을 품어 기르듯이, 나를 가르치고 길러주신 어머니이다. 어머니에게 있어서 아들은 인류의 조상인 아담이며, 아들에게 있어서 어머니는 인류의 조상인 아담을 낳아주신 어머니이다. 이 성모─성자의 신화에 의하여 인류의 역사는 시작되었고, 우리는 모두가 다같이 '어머니'를 숭배하는 광신도가 되었다고 할 수가 있다.

여자는 더없이 약하지만, 어머니는 더없이 강하다. 그토록 끔찍하게 이민족을 약탈하고 살해했으면서도 어머니를 생각하며 울고, 어쩔 수 없이 양심을 팔며 살아가면서도 어머니를 생각하며 운다. 그토록 장한 일을 하고 훈장을 받으면서도 울고, 늘, 항상, 길을 잃고 헤매이면서도 운다.

어머니는 조국이고, 조국은 어머니이다. 하늘과 땅도 있고, 시냇물과 강도 있다. 산과 바다도 있고, 푸르디 푸른 숲과 나무도 있다. 산짐승과 산새들도 살고 있고, 수많은 동식물들과 함께, 어머니의 자손들이 살고 있다. 김정원 시인의 말대로 "한쪽에는 세계 전부를 올려놓고" "다른 한쪽에는 어머니를 모"시면, 그것은 두말할 것도 없이 "천칭 저울이 어머니 쪽으로 기울"게 된다고 할 수가 있을 것이다. 어머니는 조국 중의 조국이며, 그 어떤 세계보다도 더 크고 무겁다고 할 수가 있다.

남북분단 80년, 삼천리 금수강산인 우리의 조국이 이민족의 군홧발에 짓밟히고 그처럼 오랜 세월 동안 불구의 몸으로 신음을 하고 있다고 할 수가 있다. 도대체 그 어떤 깡패놈이 남의 자손들을 감금하고 구타하며 자기 고향땅과 부모형제도 못 만나게 한단 말인가? 도대체 그 어떤 못난 놈이 그 깡패들이 무서워 자기 고향땅과 부모형제도 만나지 못하고 산단 말인가? 철학을 공부한 자는 고급문화인으로 살고, 철학을 공부하지 않으면 최하천민의 삶을 살게 된다. 철학을 공부한 자와 철학을 공부하지 않은 자의 차이는 인간과 짐승의 차이보다도 더 크고, 모든 주인과 노예계급, 즉, 고급문화인과 야만인의 기원이 바로 여기에 있다고 할 수가 있는 것이다.

제2차 세계대전의 전범국가인 독일은 동서독을 통일한 후, 오늘날 유럽을 지배하는 세계제일의 선진국가가 되었다. 독일은 '사상가와 예술가의 민족'이며, 그들이 배출해 낸 전 인류의 스승들은 이루 헤아릴 수가 없을 정도로 많다고 할 수가 있다. 칸트, 헤겔, 마르크스, 니체, 쇼펜하우어, 아인시타인, 막스 플랑크, 베토벤, 바그너, 바하, 괴테, 토마스 만, 하인리 하이네 등이 그들이며, 오늘날은 이처럼 고귀하고 위대한 역사 철학적인 전통을 이어나가며, 전 국민이 참여하는 '철학축제'를 열어나가고 있다고 한다.

우리 한국인들이 오늘날의 독일인들처럼 철학을 공부하고 지혜를 사랑했다면 벌써 미군을 몰아내고 남북통일을 이룩해냈을 것이고, 미국과 일본과 중국과 러시아마저도 존경하는 일등국가가 되었을 것이다. 많이 아는 자, 즉, 철학자는 전 인류의 스승이며, 남북통일과 지역균형발전과 저출산 고령화 문제는 '덧셈과 뺄셈'처럼 최하천민의 문제에 지나지 않는다.

남북이 분단된 지는 80년, 중앙집중화의 문제가 시작된 지는 50년, 그리고 '저출산 고령화의 문제'가 대두된 지도 어느덧 30년이 되었다. 하지만, 그러나, 우리 한국인들은 철학을 공부하지 않았기 때문에, 이처럼 가장 쉽고 간단한 문제마저도 해결하지 못하고, 시시사철 표절밥과 뇌물밥과 부패밥만을 먹으며, 전 인류의 조롱거리인 사색당쟁만을 연출해 왔던 것이다.

정주영, 이병철, 이건희, 이재용, 정몽구, 정의선, 최태원, 신동빈, 김승연 등, 우리 재벌들은 문화선진국 같았으면 전 재산을 몰수당하고 200년 징역형을 살았을 것이고, 오직, 부정부패의 화신인 우리 대통령들, 즉, 박정희, 전두환, 노태우, 김영삼, 김대중, 노무현, 이명박, 박근혜, 문재인 등도 마찬가지였을 것이다. 사시사철 모든 국경일마다 사면복권으로 '범죄인 천국'을 만들고, 뇌물 먹고 자살하면 전 국민의 영웅이 되는 이 최하천민의 국가가 어떻게 세계 속의 일등국가가 될 수 있단 말인가?

조국은 부모나 조상보다 더 소중하고, 국가는 가족이나 개인보다 더 우선한다. 전자는 소크라테스의 말이고, 후자는 아리스토텔레스의 말이다. 최고의 통치자는 철학자가 되어야 하는데, 왜냐하면 전 인류의 아버지이자 스승이며, 최후의 심판관이 되어야 하기 때문이다.

철학을 공부하면 최고의 대접을 받게 되어 있고, 철학을 공부하지 않으면 개, 돼지 취급을 받게 되어 있다. 아리스토텔레스의 말대로, 노예는 생명있는 도구이고, 도구는 생명 없는 노예에 지나지 않기 때문이다. 대한민국은 일본보다 사기꾼이 160배나 많고, '고소-고발사건'이 한 해 50만배나 더 많다고 한다.

"조선의 멸망은 조선인을 위해 축하할 일"이라고 일본 근대화의 아버지인 후꾸자와 유키치가 말한 바가 있고, "내가 승인하지 않으면 남북교류 못한다"라고 미국 대통령인 트럼프가 명령한 바가 있다.

우리 한국인들은 이 세상에서 가장 사악하고 못난 '어머니―조국'의 불효자식들인 것이다.

이 승 애
술 익는 소리

옹알이가 시작되었다

입술이 두꺼운 큰 항아리마다
고두밥과 누룩이 섞여
옹알대기 시작했다

자갈바닥의 달큼한 두드림
깊은 우물 두레박의 인기척
가쁜 숨 참았던 폭포수 휘어지는 소리를

새의 말과 늑대의 웃음과 호랑이 발자국과
버무려 앉힌 후

왈강달강 끓어오르는 항아리에서
눈 떼지 못하던 시간의 빛깔

\>

가로등이 밤 새워 그 소릴 지키다 스러지고
별들도 창문을 끌어당겨 들여다보고
달빛은 제 몸도 섞자고 무작정 달려들고

거르지 않고 찾아오는 식욕처럼
잔 부딪고 웃음 도수를 높이다가
돌아서서 다시 뿌리를 세우는 삶

호수를 흔들어 마시던 바람으로
산골짝 흘러내린 말간 숨결로

해의 시간을 걸러 내린
만장일치의 발효

소리가 지나간 자리마다
제대로 삭힌 고요 한 동이
동그랗게 입을 연다

이 세상에서 가장 행복한 사람은 어떤 사람일까? 이 세상에서 가장 행복한 사람은 자기가 좋아하고 하고 싶은 일에만 전념하는 사람일 것이다. 일을 사랑하는 사람은 타인을 비방하고 헐뜯을 시간이 없듯이, 하루 24시간, 일년 열두 달 내내 자기가 좋아하고 하고 싶은 일에만 열중하는 사람은 모든 걱정과 근심을 뿌리치고, 군더더기가 하나도 없는 삶을 살아가게 된다. 그의 꿈은 사적인 꿈에서 만인들이 선호하는 공적인 꿈으로 승화되고, 그는 예술품 자체의 삶을 살아가게 된다. 예술품 자체의 삶은 오직 자기 자신의 일을 삶의 목표로 정하고, 에피쿠로스적인 의미에서 '최고의 선―신들의 경지'와도 같은 행복을 향유하게 된다.

이승애 시인의 「술 익는 소리」는 최고급의 명장의 솜씨이며, 자기 자신의 삶을 예술작품으로 승화시킨 명시라고 할 수가 있다. 이승애 시인의 「술 익는 소리」는 전통술인 '막걸리 익는 소리'이며, 이 막걸리를 증류시키면 그토록 투명하고 맑은 소주가 될 수도 있다. 막걸리와 소주는 우리 한국인들이 가장 좋아하는 전통술이지만, 그러나 이승애 시인은 고두밥과 누룩을 섞어 "입술이 두꺼운 큰 항아리"에 담그니 "옹알이가 시작되었다"라고 말한다. 옹알이란 어린 아기가 생후 3개월 무렵부터 15개월 무렵까지 음절이 구분되지 않는 발성연습을 하고 있는 것을 말한다. 어린 아기는 옹알이를 통해 부모와 교감하며, 언어를 습득하려고 하는 것이지만, "입술이 두꺼운 큰 항아리마다/ 고두밥과 누룩이 섞어/ 옹알이"를 시작했다는 것은 술이 익어가는 첫 단계라고 할 수가 있다. 자갈바닥의 달콤한 두드림도 있고, 깊은 우물 두레박의 인기척도 있다. 가쁜 숨 참았던 폭포수 휘어지는 소리도 있고, 새의 말과 늑대의 웃음과 호랑이 발자국 소리도 있다.

술 항아리의 옹알이가 엄마와 교감하며 이 세상의 언어를 습득하려는 어린 아기와도 같다면, "왈강달강 끓어오르는 항아리에서/ 눈 떼지 못하던 시간의 빛깔"은 무한한 희생과 사랑으로 어린 아기에게 사회적인 인간성을 부여하려는 엄마의 모습이라고 할 수가 있다. "가로등이 밤 새워 그 소릴 지키다 스러지고/ 별들도 창문을 끌어당겨 들여다보고/ 달빛은 제 몸도 섞자고 무작정 달려들고"는 술 익는 과정, 아니, 어린 아기의 성장과 발육과정을 지켜보는 엄마의 무한한 희생과 사랑을 뜻한다. 수많은 사람들을 감동시키려면 하늘을 감동시켜야 하고, 하늘을 감동시키지 않으면 "해의 시간을 걸러 내린/ 만장일치의 발효"식품은 천하제일의 명주名酒로 탄생할 수가 없다. "거르지 않고 찾아오는 식욕처럼/ 잔 부딪고 웃음 도수를 높이다가/ 돌아서서 다시 뿌리를 세우는 삶"이 그것이 아니면 무엇이고, 또한, "호수를 흔들어 마시던 바람으로/ 산골짝 흘러내린 말간 숨결"이 그것이 아니면 무엇이란 말인가?

자기가 가장 좋아하고 하고 싶은 일을 하는 사람은 그 일을 통해 자기 스스로를 높이 높이 끌어올리고, 하늘을 감동시키며, 모든 인간들에게 천하제일의 명시─명품들을 선사하게 된다. 명시─명품이란 자기 자신의 인생과 육체를 발효시켜 그 영혼으로 창출해낸 예술작품을 말한다.

"해의 시간을 걸러 내린/ 만장일치의 발효식품"인 술, "소리가 지나간 자리마다/ 제대로 삭힌 고요 한 동이"처럼 "동그랗게 입을 연" 술 ─, 이승애 시인의 「술 익는 소리」는 사랑이고 열정이며, 이 사랑과 열정이 '예술품 자체'가 된 시라고 할 수가 있다.

신의 노여움을 달랠 때에도 술이 필요하고, 신에게 감사의 기도를 드릴 때에도 술이 필요하다. 공동체 사회의 재앙과 질병을 쫓아낼 때에도 술이 필요하고, 너와 내가 관계를 맺을 때에도 술이 필요하다. 벼와 곡식을 심을 때에도 술이 필요하고, 추수를 할 때에도 술이 필요하다. 장례식에도, 결혼식에도 술이 필요하고, 마음이 기쁘거나 슬플 때에도 술이 필요하다. 우울하고 쓸쓸할 때에도 술이 필요하고, 괴로울 때에도, 자살을 결행할 때에도 술이 필요하다. 출판기념회나 상을 받을 때에도 술이 필요하고, 매매계약을 하거나 재판절차를 마쳤을 때에도 술이 필요하다. 상상력이 고갈되거나 새로운 앎의 출구가 막혔을 때에도 술이 필요하고, 새로운 지혜나 새로운 세계를 창조하였을 때에도 술이 필요하다. 술은 우리 인간들의 생명이며, 피 자체이다. 술의 기원에는 우리 인간들의 생명이 있고, 피가 있다. 시, 신화가 낙천주의를 양식화시킨 것이라면, 술은 그 낙천주의자의 생명이며, 피 자체이다. 금주법은 우리 인간들에게 반(反)자연의 악법이며, 우리 인간들의 삶에의 의지를 부정하는 것이 될 수밖에 없다. 우리 인간들은 술이 없으면 이 세상을 살아 갈 수가 없는 것이다.

― 반경환, 「술에 대하여」(『행복의 깊이』 제3권 4장)에서

한 이 나
이층 바다 교실

이층 교실 창가에 기대어 흰 운동장 너머
바라보면 남해바다 한쪽이 정답다
바다가 있는 교실 풍경
몇 걸음 내달리면 닿을 아름다운 거리
내 스무 살 시에 그린 꿈의 자화상 한 장

바다가 없는 곳이 고향인 나는 꿈의 바다 대신
상추 잎 같은 산골 처녀 선생이 되었다
들판에 들꽃 지천인 봄날 때 씻긴다고
우루루 줄지어 아이들 냇가로 몰고
지루해진 오후, 냉이꽃과 싸리나무와 종달새
그리려 자주 언덕에 올랐다

뽀뽀한다고 달겨들던 코찔찔이 1학년 철이랑
가난해도 의젓했던 화전민 반장 준이는

너른 세상바다에서 무엇이 되어 있을까

폐교로 만든 진도 시화박물관에서 다시
씀바귀 잎 같은 선생 노릇이나 해 볼까
이층 바다 교실 창가에서, 우두망찰
바다를 향해 온 맘 활짝 열어놓고
씌여지지 않은 시집을 읽는다

꿈의 전구 15촉에 반짝 불빛이 켜진다

지혜로운 사람은 물을 좋아하고, 어진 사람은 산을 좋아한다. 지혜로운 사람은 움직이고, 어진 사람은 고요하다. 지혜로운 사람은 즐겁게 살고, 어진 사람은 오래 산다. (공자, 『論語』)

이 세상에서 가장 살기 좋은 고장은 넓고 비옥한 땅과 함께, 그 고장의 역사와 전통이 그곳의 사람들에게 무한한 긍지와 자부심을 가져다 줄 수 있는 곳이라고 할 수가 있다. 담장 하나와 황소 한 마리 때문에 다툴 일도 없고, 무엇을 사거나 팔 때에도 그 어떤 보증이나 매매계약서 따위를 작성할 필요조차도 없다. 문과 문은 항상 열려 있고, 서로가 서로를 믿어 의심하지 않을 때, 그 고장 사람들의 행복의 지수는 크게 올라가게 될 것이다.

한이나 시인의 「이층 바다 교실」은 "폐교로 만든 진도 시화박물관에서" "바다가 없는 곳이 고향인" 시인이 "내 스무 살 시에 그린 꿈의 자화상 한 장"을 떠올려 보고 있는 시라고 할 수가 있다. "이층 교실 창가에 기대어 흰 운동장 너머/ 바라보면 남해바다 한쪽이 정답"고, "바다가 있는 교실 풍경", 즉, "몇 걸음 내달리면 닿을 아름다운 거리"에는 "내 스무 살 시에 그린 꿈의 자화상 한 장"이 걸려 있었던 것이다. 바다는 넓고 시원하고, 그 모든 일들이 가능한 지상낙원의 입구라고 할 수가 있다.

하지만, 그러나 바다는 환상, 즉, 꿈과 낭만이라는 환상 속의 존재였을 뿐, "바다가 없는 곳이 고향인 나는 꿈의 바다 대신/ 상추 잎 같은 산골 처녀 선생이" 될 수밖에 없었던 것이다. "들판에 들꽃 지천인 봄날 때 씻긴다고/ 우루루 줄지어 아이들 냇가로 몰고/ 지루해진 오후, 냉이꽃과 싸리나무와 종달새/ 그리려 자주 언덕에 올랐"던 것이다. 그 시절, "뽀뽀한다고 달겨들던 코찔찔이 1학년 철이랑/ 가난해도 의젓했던 화전민 반장 준이는/ 너른 세상바다에서 무엇이 되어 있을까"라는 시간 여행 끝에, "폐교로 만든 진도시화박물관에서 다시/ 씀바귀 잎 같은 선생 노릇이나 해볼까"라는 생각에 잠겨본다. 대부분의 젊은 시절의 산골은 더없이 아름답고 신성하기보다는 더없이 좁고 답답하며, 차라리 '통곡의 벽'처럼 절망의 노래를 부르게 만든다.

시 속에는 그림이 있고, 그림 속에는 노래가 있다. 노래

속에는 시가 있고, 시 속에는 꿈과 낭만이 있다. 시를 읽고 그림을 그린다는 것도 행복을 연주하는 것이고, 노래를 부르고 시를 쓰는 것도 행복을 연주하는 것이다. 자기 자신의 마음과 삶의 조건이 손을 잡으면 행복하고, 자기 자신의 꿈과 사회적 꿈이 일치하면 그는 공동체 사회의 구성원으로서 무한한 긍지와 자부심을 느끼게 된다. 한이나 시인의 「이층 바다 교실」의 주인공은 선생이며, 그것도 산골과 바다를 다같이 아우르는 "씀바귀 잎 같은 선생"이다. 왜, 씀바귀란 말인가? 선생이란 많이 아는 자, 모든 학생들을 인도하는 자이며, 그 가르침이 천하제일의 씀바귀 같아야 하기 때문이다. 씀바귀는 국화과의 여러해살이 풀이며, 줄기와 잎에서는 쓴맛이 나지만, 봄나물로서의 최고의 입맛과 함께, 항암효과까지 있다고 한다. 추억이나 회상은 아름답고, 상상이나 꿈은 즐겁고 흐뭇하다. "이층 바다 교실 창가에서, 우두망찰/ 바다를 향해 온 맘 활짝 열어놓고/ 씌여지지 않은 시집을 읽는다."

추억이나 회상은 추억이나 회상일 뿐이고, 상상이나 꿈은 상상이나 꿈일 뿐이다. 이미 지나간 시절과 젊음은 되돌릴 수가 없고, '씀바귀 잎 같은 선생의 꿈'은 영원히 쓸 수 없는 시집에 지나지 않는다. 노년은 일몰이 가까운 시간이며, 일몰이 가까운 시간에는 "꿈의 전구"인 "15촉" 불빛이 반짝 켜진다.

산에 사는 사람은 바다를 꿈꿀 수도 있고, 바다에 사는 사람은 산을 꿈꿀 수도 있다. 산에 사는 사람은 상호 경쟁자와 적대자가 없으니 고요하고, 바다에 사는 사람은 거친 바다와 함께 수많은 경쟁자와 적대자들과 싸울 수밖에 없으니, 늘, 항상 마음이 편할 리가 없다. 하지만, 그러나 한이나 시인의 「이층 바다 교실」의 상춧잎 같은 산골 처녀 선생이나, 씀바귀 잎 같은 선생은 다같이 어질고 고요하게 산다. 왜냐하면 그 두 사람은 둘이 아닌 하나이며, 그토록 사납고 거친 삶의 바다에서 싸우기보다는 시를 쓰며 꿈을 꾸고 있기 때문이다.

산과 바다는 어쩌면 암수 한 몸인 자웅동체의 부부와도 같다. 산의 기원은 바다 밑이고, 바다의 기원은 산의 꼭대기이다. 산은 남편이고, 바다는 아내이다. 산은 어질게 살고, 바다는 즐겁게 산다. 아니, 산과 바다, 아내와 남편이 다같이 어질고 즐겁게 산다.

3부

강익수 이소연 박분필 이영식
글빛나 최이근 이서빈 박　영
안태희 나희덕 유종인 이진진
권택용 이원형 김군길 박후기

강 익 수
개판

집안은 모름지기 사람의 공간인데
점점 사람은 줄어들고 개들이 자리하면서
사람의 족보에 오르고 있다

잘 조련된 개는
짖지도 않고 짝을 찾지도 않고
꼬리를 흔들며 온몸으로 주인만 섬긴다
개 팔자 좋다 하여
함께 사는 사람 팔자도 좋아지는지
개 가족 얼굴이 훤하다

여의도에도 둥근 개집이 있다
사납게 싸우며 짖어대기 일쑤다
차라리 개들이 모여 있다면
꼬리를 흔들며 충성할 것이다

>

그 한마음 본받는다면

좌우지간 사람들은

조용히 제자리로 돌아가겠다

하나만 알고 둘은 모른다는 말이 있다. 자기 자신의 위치와 입장에서 '좋은 점'만을 강조하고, 그 반대 방향에서 '나쁜 점'은 전혀 생각하지 못하고 있는 것이 바로 그것이라고 할 수가 있다. 딸아이만을 사랑하면 아들이 싫어하고, 자기 자신의 친구만을 좋아하면 다른 사람들이 싫어한다. 이 세상은 아들과 딸, 친구와 이웃, 기독교인과 불교인, 민족과 민족 등의 다양한 사람들이 살아가는 세상이고, 이 다양한 사람들이 서로 간에 자기 자신의 사상과 이념에 따라 울고, 웃으며 살아간다. 우리가 공부를 하고 지식을 넓혀가는 것은 그 어떤 고정관념이나 지적 편견을 깨뜨리고, 서로가 서로를 믿고 사랑하며 보다 낫고 보다 행복한 사회를 건설할 수 있는 종합적인 시야를 확보하기 위해서라고 할 수가 있다. 많이 아는 자는 현자이며, 이 종합적인 시야를 확보한 자는 전 인류의 스승이자 아버지라고 할 수가 있다.

아는 것이 모르는 것보다도 못할 때가 있다. 앎의 실천이 판단력의 어릿광대의 짓이 되고, 그의 선행이 만인들의 조롱거리가 될 때가 있다. 인간은 인간답게 살아야 하고, 개는 개답게 살아야 한다. 나무는 나무답게 살아야 하고, 풀은 풀답게 살아야 한다. 인간과 개도 다르고, 나무와 풀도 다르며, 이 '다름'을 통한 조화가 이 세상의 질서와 자연의 이치이기도 한 것이다. 늑대를 길들여 다양한 종류의 개들을 생산해 내고, 수천 년 동안 그 개들과 함께 살아왔다는 사실을 꼭 나쁘게 볼 필요는 없지만, 이제는 그 개들을 인간화시켜 '반려견'이라는 사회적 지위까지 부여하고 있는 것은 인간의 역사상 가장 큰 오류라고 하지 않을 수가 없다. '반려伴侶'란 삶과 죽음을 함께 할 수 있는 자기 짝(배우자)을 말하지만, 이제는 어느덧 '나홀로족'의 개나 고양이를 뜻할 때가 많은 것이다.

집안은 모름지기 사람의 공간인데

점점 사람은 줄어들고 개들이 자리하면서

사람의 족보에 오르고 있다

잘 조련된 개는

짖지도 않고 짝을 찾지도 않고

꼬리를 흔들며 온몸으로 주인만 섬긴다

개 팔자 좋다 하여

함께 사는 사람 팔자도 좋아지는지

개 가족 얼굴이 훤하다

개가 부모가 될 때도 있고, 개가 연인이 될 때도 있다. 개가 아내가 될 때도 있고, 개가 남편이 될 때도 있다. 개가 친구가 될 때도 있고, 개가 아이가 될 때도 있다. 아니, 그 반대로 인간이 개의 엄마와 아빠가 될 때도 있지만, 그러나 그 개는 '반려견'이라는 '일인다역의 내시 드라마'를 위해서 성대가 잘리고, 생식기까지 거세를 당해야만 했던 것이다. 더 이상 개는 개도 아니고, 더 이상 개는 인간도 아니며, 오직 '반려견'이라는 이름만을 얻었을 뿐, 이 세상 가장 못 났고 불쌍한 '내시동물'에 지나지 않게 되었던 것이다. 여름 휴가철이나 늙고 병들면 제일 먼저 가져다가 버리는 것이 이 반려견들이고, 이 반려견들이 늘어날수록 유기견들이 늘어난다. 처자식과 부모형제들을 위해서는 전 재산을 줄 수도 있고, 어렵고 힘든 사람들을 위해서는 전 재산을 기부하고 죽을 수도 있다. 하지만, 그러나, 이 반려견의 수명연장을 위해서 선 재산을 바치는 사람도 없고,

늙고 병든 반려견을 돌보기 위하여 자기 자신의 직업을 때려치우거나 휴직을 하는 사람도 없다. 반려동물이라는 말은 그야말로 '인면수심의 말장난'일 뿐, 자기 자신의 삶의 위안과 행복을 위해, 그 어떤 동물들의 생애 전체를 지옥으로 만든 '동물학대의 진면목'이라고 할 수밖에 없다. 때때로 인간의 동물 사랑이 인간의 입장에서 자기 자신도 모르게 저지르는 만행을 보게 되면, 현대사회의 '나홀로족'의 미래를 걱정하지 않을 수가 없게 된다. '나홀로족'은 인간 사회의 비극의 끝간 데이며, 사회적 동물로서의 그 어떤 구원도 소용이 없는 최후의 종착점이라고 할 수가 있다.

여의도에는 둥근 개집이 있고, 날이면 날마다 사납게 싸우며 짖어대기에 바쁘다. 너무나도 반려동물을 사랑하고, 그 반려동물의 성대와 생식기까지 제거하다 보니까, 대한민국의 국회의원들이 그토록 사납고 무서운 동물이 된 모양이다. 인간이 반려견을 사랑하다가 개가 되어, 그 반려견의 야수성까지 되찾아 그처럼 사납고 무섭게 일년 열두 달, 천년 만년 "우리는 남북분단과 동족상잔의 혈투를 너무나도 좋아한다"라고, 서로가 서로를 그처럼 물어뜯고 싸우고 있는 것인지도 모른다. 하나만 알고 둘은 모르며, 앎의 실천이 사시사철 전 인류의 조롱거리가 된다.

그렇다. 차라리 개들과 개들만이 모여 살았더라면, 꼬리를 흔들며 조국에 충성을 맹서하고, 그 '한마음 – 한뜻'을 본받는 개들로 국력과 민심을 다 잡고 전 인류의 지상낙원을 연출해낼 수도 있었을 것이다. 차라리 개들과 개들만이 모여 살았더라면 상하의 계급질서가 정해지고, 그 계급질서에 따라 더없이 사이좋고 다정하게 지냈을는지도 모른다.

반려동물의 이름으로 반려견의 야수성을 빼앗고, 그 야수성을 임전무퇴의 난투극의 무기로 삼고 있는 것이다. 우리 국회의원들이 창출해낸 「개판」은 전 인류의 조롱거리로서 그 역사성을 자랑한다.

그렇다. 인간이 개들에게 '반려견'이라는 인간의 지위를 부여했을 때, 오히려, 거꾸로 인간이 개가 된 것이다.

이것이 강익수 시인의 시, 「개판」의 가장 섬뜩하고 충격적인 전언인 것이다.

이 소 연
해고

등을 돌리면 아무나 와서 내 등을 밀어버릴 것 같습니다

퇴근길 창문에서 서녘의 새떼를 자주 봅니다
작은 머리통들이 나란히 사라지는 걸
왜 자꾸 보게 되는 걸까요?

지평선에서 새들이 멀어지면 깃털이 빠진다고 해요
아주 사라지지 못하는 거죠

그런 날엔, 영하의 날씨에도 창문을 반쯤 열어둡니다

해고란 고용주가 고용계약을 해제하고 피고용자를 직장이나 일터에서 내보내는 것을 말한다. 해고의 사유로는 여러 가지 이유가 있을 테지만, 그중에서도 가장 핵심적인 것은 회사의 경영상태가 나빠진 것과 함께, '고비용 – 저효율 구조'를 '저비용 – 고효율 구조'로 바꾸기 위해서라고 할 수가 있을 것이다.

　해고란 "등을 돌리면 아무나 와서 내 등을 밀어버릴 것 같습니다"라는 이소연 시인의 시구에서처럼 청천벽력과도 같은 소식이며, 천길 낭떠러지에서 죽음을 생각해야만 하는 것과도 같을 수도 있을 것이다. 목구멍이 포도청이라는 말이 있듯이, 일터를 잃어버린다는 것은 먹이활동이 장해를 입었다는 것을 뜻하고, 먹이활동이 장해를 입었다는 것은 자기 자신의 꿈과 행복을 추구하기는커녕, 그 존재의 근거가 위태롭게 되었다는 것을 뜻한다.

　"퇴근길 창문에서 서늘의 새떼를 자주"보게 되는 것과

그 새떼들의 "작은 머리통들이 나란히 사라지는 걸/ 왜 자주 보게 되는 걸까요"라는 시구는 해고에 대한 불안과 그 우울함이 투영된 결과이며, 서산의 일몰과 자기 자신의 생애를 동일시 하고 있다는 것을 뜻한다. "지평선에서 새들이 멀어지면 깃털이 빠진다고 해요/ 아주 사라지지 못하는 거죠"라는 시구는 아주 사라진 새보다 깃털 빠진 새가 더욱더 불쌍하다는 것을 뜻한다. 죽음은 삶의 공포로부터의 해방이며 불쌍한 영혼이 구제를 받을 수도 있지만, 깃털 빠진 새는 죽음보다도 더욱더 비참하고 고통스러운 삶을 살아가지 않으면 안 된다. 힘찬 일터가 있다는 것은 날개가 있다는 것을 뜻하고, 힘찬 일터를 잃어버렸다는 것은 날개를 잃어버렸다는 것을 뜻한다.

죽은 정승보다는 살아 있는 개가 더 낫고, 가난한 자유인보다는 배부른 노예가 더 낫다. 해고는 존재의 근거의 상실이며, 내가 타인들과 손을 잡고 그들과 함께 할 수 있는 무대를 잃어버린 것과도 같다.

'사느냐, 죽느냐? 이것이 문제로다.' 아니, '새로운 일터를 구하느냐, 영하의 날씨에 얼어 죽느냐? 이것이 문제로다.'

해고는 청천벽력과도 같고, 해고는 비명횡사와도 같다.

부모형제도 없고, 처자식도 없다. 동료도 없고, 친구도 없다. 자유도 없고, 평화도 없다. 사랑도 없고, 인권도 없다.

해고―, 죽음보다도, 암적인 종양보다도, 더없이 비참하고 무차별적인 전쟁보다도 더욱더 무서운 것이 해고라고 할 수가 있다.

박 분 필

양남 주상절리

단행본들을 부챗살로 펼쳐놓은 바다 속 장서관

파도는 낡아가는 책을 보수하는 유능한 사서다

표면의 광택을 파고 든 인간의 기억, 희망, 사랑을

담았다 쏟아내고 쏟았다 담아내기를 수십만 년

몇 초가 영원처럼 흐르는 저 떨림, 저 무늬들,

회색과 초록색이 뒤섞인 파도의 갈피 속에 미처

해석되지도 기록되지도 못한 역사까지 껴안은 채

물의 필체와 물의 언어만을 고집해 온 고서들

\>

신비로운 힘에 이끌려 뭉치고 엉키는 시간과 공간

잿빛갈매기들 조용히 날아내려 고서를 뒤적인다

주상절리란 무엇인가? 주상절리란 화산이 분출된 이후 용암이 급랭하면서 만들어진 육각, 또는 오각형의 돌기둥들을 말한다. '양남 주상절리'는 10m가 넘는 돌기둥들이 1.7km에 걸쳐 분포해 있으며, 주름치마, 부채꼴, 꽃몽우리 등의 다양한 형태로 존재한다. 2012년 9월 25일 천연기념물로 지정되었으며, 몽돌길, 야생화길, 등대길, 테크길 등, 해안환경을 테마로 주상절리 전 구간을 산책할 수 있는 '파도소리길'이 조성되어 있다고 한다.

박분필 시인의 「양남 주상절리」는 "단행본들을 부챗살로 펼쳐놓은 바다 속 장서관"이 되고, "파도는 낡아가는 책을 보수하는 유능한 사서"가 된다. "표면의 광택을 파고 든 인간의 기억, 희망, 사랑을" "담았다 쏟아내고 쏟았다 담아내기를 수십만 년"이나 되었던 것이고, "몇 초가 영원처럼 흐르는 저 떨림, 저 무늬들"이 만인들의 심금을 사로잡았던 것이다. 일찍이 아리스토텔레스는 "인간은 자연을 모방하기를 좋아한다"라고 말한 바가 있지만, 그러나 박분필 시인은 「양남 주상절리」는 인간이 자연을 소재로 창출해낸 장서관이며, 그의 앎에의 의지가 육화된 시라고 할 수가 있다. 자연은 인간의 걸작품이며, 양남 주상절리는 수십만 년 전부터 우리 인간들의 기억, 희망, 사랑이 그 "신비로운 힘에 이끌려 뭉치고 엉키는 시간과 공간" 속에 각인되어 있었던 것이다.

회색과 초록색이 뒤섞인 파도마저도 책의 갈피가 되고, 그 갈피 속에는 아직도 "해석되지도 기록되지도 못한 역사"가 기록되어 있다. "물의 필체와 물의 언어만을 고집해 온 고서들"도 있고, 신비로운 힘에 이끌려 뭉치고 엉키는 시간과 공간 속에, 오늘도, 지금 이 순간에도 "잿빛갈매기들 조용히 날아내려 고서를 뒤적인다."

박분필 시인의 「양남 주상절리」는 대자연의 도서관이며, 우리 인간들은 이 대자연의 도서관 속에서 오늘도, 지금 이 순간에도 수십만 년의 삶의 지혜와 그 역사를 배운다. 대자연이 아름다운 것이 아니라, 대자연의 모습에 아름다움의 의미를 부여하고, 그 아름다움을 창출해낸 우리 인간들의 정신이 아름다운 것이다. 인간은 모든 것을 언어로 기록하고, 그 언어를 통해 과거의 지식과 현재의 지식을 통합하고 새로운 미래의 지식을 창출해낸다. 인간은 끊임없이 사유하고 공부하는 동물이며, 그 앎을 사상과 이론으로 육화시키는 데에서 최고의 행복을 느끼는 동물이라고 할 수가 있다.

시인은 언어의 사제이며 최고급의 인식의 제전의 연출자이며, 상징과 은유의 천재라고 할 수가 있다. 상징의 차원에서 양남 주상절리는 바다 속의 장서관이 되고, 바다 속의 장서관은 은유의 차원에서 박분필 시인을 지시한다. 상징은 인간이 부여한 의미가 되고, 은유는 유사성 법칙에 따라서 '바다 속 장서관', 즉, 「양남 주상절리」를 창출해낸 시인이 된다.

상징과 은유는 진리가 부재하기 — 대자연의 장서관이 부재하기 — 때문에 존재하고, 다른 한편, 부재하는 진리 — 대자연의 장서관 — 를 진리로 표현해 내는 최고급의 수사학이 된다. 절대정신(신)은 만물을 창조하고, 우리 시인들은 이 절대정신의 창조주가 된다.

인간은 앎이 육화된 동물이며, 상징과 은유는 천재성의 징표가 된다.

이 영 식

이별

이, 별이 그 별이었니?
눈물 머금고 태어난다는 별
네가 내 어깨에 기대어
언제 다가올지 몰라 마음 졸이던
그 아픈
별

이영식 시인의 「이별」은 이 세상에서 가장 아름다운 별이며, "눈물 머금고 태어난다는 별/ 네가 내 어깨에 기대어/ 언제 다가올지 몰라 마음 졸이던/ 그 아픈/ 별"이라고 할 수가 있다. 이별이란 사람과 사람이 서로 만나지 못하는 안타까운 사건일 수도 있지만, 한때는 너무나도 가깝고 그토록 사랑했던 사람들이 두 번 다시 만나고 싶지 않은 나쁜 인연일 수도 있다. 이영식 시인은 '이별'이라는 대사건을 밤하늘의 별로 미화시키고, 그 별들을 인간화시켜 너무나도 마음이 아프고 슬픈 별로 분장을 시킨다.

　"이, 별이 그 별이었니?/ 눈물 머금고 태어난다는 별/ 네가 내 어깨에 기대어/ 언제 다가올지 몰라 마음 졸이던/ 그 아픈/ 별"—. 슬픈 얼굴, 고통스러운 얼굴, 험상궂고 찌그러진 표정과 그 감정들을 극도로 절제시킨 채, 단 몇 줄의 시구로 '이별의 드라마'를 밤하늘의 별로 미화시키며, 그 어떤 통곡보다도 더욱더 슬픈 마음의 눈물을 쏟게 하고 있는 것이다. 너무나도 가슴 아프고 너무나도 거룩한 이별, 요컨대 이영식 시인의 「이별」은 천하제일의 명시라고 하지 않을 수가 없다.

천길 벼랑 끝의 천년 소나무와 그 대자연의 아름다움과 함께, 이 세상 그 어디에서도 볼 수 없는 밤하늘의 별들의 모습이 떠오른다. 이 세상에서 산다는 것은 어렵고 힘들고 쓸쓸한 일이기는 하지만, 그러나 지혜와 용기와 성실함이 없는 이 세상의 어중이떠중이들은 이영식 시인의 「이별」을 우러러 보고 찬양할 자격조차도 없다.

글 빛 나
신神 대합실

어두운 강물에
달빛이 목욕 중이다

신神 대합실
안대 쓴 부엉이 신
채소영안실 지키는 냉장고 신
아귀 웃음 펄럭이는 비닐 신
앙큼 야비 코로나 신
시끌벅적 떠들어 대네

피켓 들고 시위하는 생태 신
강 살려내라!
숲 살려내라!
지구 살려내라!

글빛나 시인의 「신神 대합실」은 매우 이채롭고 독특한 시이며, 생태학적인 측면에서 지구를 살려내기 위한 처절한 노래라고 할 수가 있다.

때는 어두운 강물에 달빛이 목욕 중일 때이고, 신들의 대합실에는 부엉이 신과 냉장고 신과 비닐 신과 코로나 신이 모여 있다. 야행성의 부엉이 신이 안대를 썼고, 냉장고 신은 채소영안실을 지키고 있다. 비닐 신은 아귀 웃음을 펄럭이고 있고, 코로나 신은 앙큼 야비하게 앉아 있다. 대부분의 신들은 전지전능하며 우리 인간들을 도와주지만, 「신神 대합실」에 모인 신들은 그 반대로 더없이 음산하고 불길한 얼굴을 하고 있다.

달빛은 꿈과 희망의 달빛이 아니라, 좌절과 절망의 달빛이고, 따라서 어두운 강물에 몸을 씻어 보았자 그 효과가 있을 리가 없다. 미네르비의 신조神鳥인 부엉이는 야행성의 눈을 다쳤고, 냉장고 신은 죽은 채소를 지키고 있다. 이에 반하여, 입이 무척 크고 너무나도 흉하게 생긴 비닐 신은 아귀 웃음을 펄럭이고 있고, 전 세계를 대유행병의 공포로 사로잡은 코로나 신은 지옥으로 가는 저승행 초고속 열차표를 강매하고 있다.

이 지구촌의 생태위기를 깨닫고, 「신神 대합실」의 무대를 연출해낸 글빛나 시인의 상상력은 천하제일의 금강석을 꿰뚫은 낙숫물의 효과와도 같다. 천하제일의 금강석은 우리 인간들의 탐욕과도 같고, 글빛나 시인은 우리 인간들의 탐욕을 초토화시키기 위하여 그토록 오랫동안 시를 쓰고 공부를 해왔던 것인지도 모른다.

어두운 강물에 달빛이 목욕 중이라는 발단도 유효적절하고, 「신神 대합실」에 '부엉이 신, 냉장고 신, 비닐 신, 코로나 신'을 등장시켜, 그 신들의 성격과 역할을 부여한 것도 대단히 뛰어나고 아름답다. 우리 인간들의 생태환경의 위기에 대한 무지와 마비된 감각을 일깨우며, "피켓 들고 시위하는 생태 신"을 창출해낸 것은 오랜 가뭄 끝의 소낙비와도 같다.

강 살려내라!

숲 살려내라!

지구 살려내라!

　조 바이든 미국대통령 80세, 낸시 펠로시 미하원의장 83세, 제롬 파월 연준의장 69세, 영국국왕 찰스3세 74세, 시진핑 국가주석 69세, 푸틴 러시아대통령 69세, 조지 소로스 90세, 워런 버핏 90세—.

　오래 산다는 것, 모두가 다같이 너무나도 오래 산다는 것은 '재앙 중의 재앙'이며, '코로나 신'은 대자연의 최후의 심판관이자 저승사자라고도 할 수가 있을 것이다.

　「신神 대합실」, 자본과 장수만세의 욕망이 지옥행 초고속열차를 기다리고 있는 곳—. 글빛나 시인의 「신神 대합실」은 최고급의 인식의 제전의 산물이라고 할 수가 있다.

최 이 근

하늘로 간 북극곰

위기에 빠진 북극곰

빠른 속도로 녹고 있는 해빙
북극곰이 곰곰곰 하얗게 운다

점점 더워지고
삶의 터전 붕괴
석유 천연가스 탐사 유해 화학 물질
북극 온도 올리고
인구증가 지구온난화 부추긴다
포유류 멸종해 가고 동식물 죽어가는 기후변화

대기오염 심해지고 환경 무너지자
하늘로 이주한 곰들
큰곰 작은곰 모두 북두성 북극성에 자리잡고

인간들이 잠든 밤에 놀러나온다

하늘로 올라간 곰 쓸개 발바닥
인간들은 쌍불켜고
하늘까지 곰 사냥 떠날까

인간은 인간이 쓰레기라는 사실을 과연 깨닫고, 그 옛날처럼 대자연이 만물의 터전이라는 사실을 알게 될 날이 과연 올 수 있을까? 오늘날 위기에 빠진 것은 최이근 시인의 「하늘로 간 북극곰」만이 아니다. 남극과 북극의 대빙하도 다 녹아내리고, 히말라야의 만년설산과 알프스의 만년설산도 다 녹아내린다. 위기에 빠진 북극곰이 하얗게 울고, 북쪽지방의 냉대림과 열대지방의 온대림도 다 사라지고, 지구촌은 점점 더 더워진다. 요컨대 삶의 터전이 다 무너지고, "석유 천연가스 탐사 유해 화학 물질"로 모든 동식물들이 사라진다고 해도 우리 인간들이 자기 스스로 인간 쓰레기라는 사실을 결코 깨달을 수는 없을 것이다.

　　지구촌의 적정 인구는 20세기 초의 20억 정도면 충분하고, 모두가 다같이 자급자족을 하며 그 얼마든지 전쟁과 싸움을 하지 않아도 자유롭고 행복한 생활을 할 수도 있을 것이다. 이 세상의 만악의 근원은 탐욕이고, 이 탐욕은 세

가지 차원에서 설명할 수도 있을 것이다. 첫 번째는 인간 수명 60세를 넘어선 '무병장수의 욕망'이고, 두 번째는 돈에 대한 욕망이며, 세 번째는 호화사치에 대한 욕망이라고 할 수가 있다. 무병장수하고 오래 살고 싶다는 욕망이 자연과학과 생명공학을 발전시켰고, 그 결과, 인간 100세 시대를 열게 되었다. 손자와 손녀들을 보고도 5~60년을 더 사는 '장수만세의 시대'는 너무나도 기이하고 끔찍한 유령들의 시대이며, 이 유령과도 같은 노인들이 오직 돈에 대한 광신만을 키워나가고 있다고 할 수가 있다. 대부분의 재산은 노인들이 다 가지고 있고, 우리 젊은이들은 실업과 함께 최하천민의 생활을 면하지 못하고 있다. 소수의 부자들만이 잘 살고, 오늘날의 풍부함의 사회는 구조적인 빈곤을 너무나도 엄청나게 확대 재생산해 내고 있는 것이다. 명문의 기원으로서의 돈과 절대권력의 기원으로서의 돈, 그리고 무병장수의 기원으로서의 돈에 대한 욕망이 불로소득과 함께, 호화사치에 대한 욕망으로 이어진다. 옛날은 의식주가 문제였지만, 오늘날은 호화사치가 문제이며, 이 호화사치를 위해서 모든 천연자원의 6~70%가 쓰여진다고 해도 과언이 아니다. 호화저택과 호화별장, 호화요트와 호화유람선, 자가용 비행기와 전용 우주선, 최신예전투기와

항공모함, 고급의상과 고급요리, 수많은 금은보석과 수십억대의 스포츠카들, 연봉 수천억대의 운동선수들과 최고급의 운동기구들, 대형가전제품과 인공지능들─. 따지고 보면 이 모든 호화사치품들이 지구촌의 천연자원의 고갈과 지구온난화의 주범들이라고 할 수가 있다.

돈이 인간의 꿈과 낭만을 다 싹쓸이 했고, 돈이 모든 학문과 예술을 다 싹쓸이 했다. 돈이 모든 운동과 취미생활을 다 장악했고, 돈이 모든 사상과 윤리를 다 장악했다. 요컨대 돈이 모든 종교와 인간 관계마저도 다 장악했고, 그모든 전쟁과 싸움과 인간 관계는 돈의 유무에 따라서 결정나게 되어 있다. "우리는 돈을 소유했을 때, 자기 자신이 자유롭고 선하다고 생각한다. 그러나 우리 인간들은 돈이 없을 때, 자기 자신이 비천하고 부자유스럽고 불행하다고 생각한다. 왜냐하면 돈이 인간과 신을 짓밟고 돈 자체에 의해 모든 진리가 생성되고 있기 때문이다."(반경환, 『행복의 깊이』제2권, 제3장「거짓에의 의지」)

인간이 인간이 쓰레기임을 자각하지 못할 때, 지구촌의 생태환경이 다 파괴되고, 최이근 시인의「하늘로 간 북극곰」이라는 우화가 탄생하게 된다. "대기오염 심해지고 환경 무너지자/ 하늘로 이주한" "북극곰들"이 과연 동화 속의 동물들처럼 행복하고, 그 북극곰들이 그들의 고향이 그리워 "인간들이 잠든 밤에 놀러나온다"는 사실이 과연 그 얼마나 아름답고 멋진 회귀본능일 수 있단 말인가? 북극곰은, 아니, 모든 만물들은 상호공생의 동료가 아닌 이용가치의 대상이며, 우리 인간들의 탐욕에 의해 희생당하고 있는 것이다. 무섭고, 끔찍하다. 그 얼마나 무섭고 끔찍했으면 인간이라는 악마를 피해 큰곰자리, 작은곰자리, 북두칠성으로 망명을 가고, 그곳에서조차도 곰쓸개와 곰발바닥을 사냥하러 온 악몽을 꿈꾸고 있는 것일까? 최이근 시인의 「하늘로 간 북극곰」은 우화가 아닌 악몽이며, 이 지구촌이 만물의 터전이 아닌 '인간쓰레기 소각장'이라는 사실을 너무나도 처절하게 깨닫고 반성하고 있는 시라고 할 수가 있다.

호랑이와 곰들이 그들의 사치를 위해 금은보석 광산을 파헤치고, 코끼리와 코뿔소가 그들의 여행을 위해 호화유람선을 만들었단 말인가? 독수리와 올빼미들이 그들의 사냥을 위해 수많은 원시림을 베어내고 인간사육장을 만들고, 황새와 기러기가 그들의 취미를 위해 우주선을 만들었단 말인가? 악어와 고래가 그들의 세계정복을 위해 대량살상무기를 만들고, 공작과 앵무새와 원숭이가 그들의 연극을 위해 호화의상과 호화무대를 만들었던 말인가? 인간은 인간이 쓰레기임을 결코 깨달을 수 없는 쓰레기들이며, 모든 동식물 중에서 가장 지능이 모자라고 패륜을 밥 먹듯이 하는 쓰레기들일 수밖에 없다.

자연으로 돌아가라!
자연으로 돌아가라!

북극곰이 눈물로 호소를 하고, 우리의 어린아이들과 그 옛날의 모든 성자들이 눈물로 호소를 해도 이 말을 알아들을 수 있는 '인간 중의 인간', 즉, 제대로 된 인간은 결코 나오지도 않을 것이다.

이 서 빈
지렁이 하혈하는 밤

여보게

지렁이 흐느끼는 소리 들리지 않는가

죽은 지렁이 혼 땅에 내려앉지 못하고

산허리 강발치 자욱한 안개로 떠돌고 있네

세상 불 켜지고 꺼지는 일, 모두 지렁이 환영幻影일세

징그러운 몸뚱이라 희롱하지 말게

죽은 영혼에 쌀 한 숟가락 넣어주듯

종種 영혼 한 톨 부활 위해

밖을 숨기고 흰배로 중력을 걷어내며

꿈ㅅ틀ㅅ꿈ㅅ틀, 제 안의 온도 이식하는 것 좀 보게

누가 자신의 몸 저 지렁이인 줄 알겠는가

>

살충제 먹은 지렁이 하혈소리 지구를 적시고

속이 타 땅위로 올라오다 땡볕에 녹아

여기저기 시체 끌고 가는 불개미 운구 행렬 보이지 않

는가

　마당 한 쪽 흙, 흑흑 바싹 말라 푸석한 지렁이 눈물소리

　그건 세상에 위험이 급물살로 달려오고 있다 위급 알리

는 통곡일세

　만물의 영장 인간 파릇파릇 숲

　모든 생명체는 우리가 살아보지 못한 모퉁이 안쪽에서

　지렁이가 종야終夜 토해낸 눈물 한 점일 뿐이란 걸

　자네는 아는가!

숲은 이산화탄소를 들이마시고 산소를 토해낸다. 모든 동물들은 산소를 들이마시고, 이산화탄소를 뱉어낸다. 이처럼 대자연은 상호 보완적인 공생의 관계 속에서 만물의 공동 터전이 된 것이다. 자연이란 인간이나 그 어떤 신의 힘으로도 어찌할 수 없는 우주적인 질서라고 할 수가 있다. 자연은 거대한 그물망처럼 점조직으로 짜여져 있으며, 하나의 점들이 모여 선을 이룬다. 이 선과 선들이 면을 이루고, 이 면들이 입체를 이루고, 이 입체와 입체들이 대자연의 우주가 된다. 대자연에는 어느 것 하나 우연히 존재하는 것도 없고, 어느 것 하나 더 하거나 뺄 것도 없다. 물과 불과 바람과 흙의 균형과 조화, 산과 강과 바다와 들과의 균형과 조화, 태양과 달과 별과 은하계와의 균형과 조화, 산소와 이탄화탄소와 수소와 음과 양 등의 균형과 조화를 생각해보면 대자연은 너무나도 완벽하고 경이로운 체계와 질서로 구축되어 있다는 것을 알 수가 있다.

빙하기에는 수많은 탄소들이 지하에 매장되어 있었고, 그래서 바다의 수위가 오늘날보다 120m나 낮았다고 한다. 동식물들의 사체에 지나지 않는 화석연료를 너무나도 많이 채굴해낸 결과, 오늘날에는 남, 북극의 빙하들이 다 녹아내리고, 지구는 점점 더 더워지고 있는 것이다. 오늘날의 지구촌의 위기는 화석연료, 즉, 에너지 과다 사용의 위기이며, 자연의 법칙에 도전한 우리 인간들의 만행 때문이라고 할 수가 있다. 인간은 본래 어느 악마보다도 더 월등하게 악질적인 악마이며, 자연의 법칙을 이해하지 못하는 돌대가리 중의 돌대가리들이라고 할 수가 있다. 자연이 거대한 그물망처럼 점조직으로 구성되어 있다는 것도 알고 있고, 그 모든 것이 균형과 조화 속에서 존재하고, 따라서 자연은 만물의 터전이라는 것도 알고 있다. 하지만, 그러나 인간이 만물의 영장이라고 자처하는 순간, 우리 인간들은 모든 동식물들과 함께, 지구촌 대참사라는 '지옥행 급행열차'를 타게 된 것이다. 만일, 호랑이와 곰들에게 총과 칼을 쥐어준다면 두 눈 하나 깜빡하지 않고, 종의 균형과 자연보호 차원에서 지구촌 인구의 60억 명 정도는 다 죽여버릴 것이다. 모든 동식물들이 '대자연 만세'를 부르고, 너도 나도 춤을 추며, 더없이 기뻐하고 감격의 눈물을 흘리게 될 것이다.

이서빈 시인의 「지렁이 하혈하는 밤」은 그가 이끌고 있는 '남과 다른 시쓰기 동인' 시집, 『함께, 울컥』에 수록되어 있는 시라고 할 수가 있다. "여기 열다섯 명의 시인이/ 앓고 있는 지구의/ 말을 번역했다", "지구의 신음을 찍어 한 자 한 자 시를 엮었다", "지구는 한 번도 인간을 해친 적 없고/ 인간은 한 번도 지구를 떠나서 산 적 없다", "동물의 숨소리 식물의 숨소리가/ 봄을 뚫고 튀어나와/ 싱싱해 지는 그날까지/ 우리는/ 생태계를 새파랗게 키워낼 것이다."(이서빈, 『함께, 울컥』, 머리말)

지렁이는 빈모강에 속하는 환형동물이며, 습기와 유기물이 충분한 토양에서 산다. 대부분 토양의 표면에서 살지만, 추운 겨울에는 약 2m의 굴을 파고 들어가고, 몸길이는 약 10cm 정도이며, 체절로 나누어져 있다고 한다. 무엇을 보거나 들을 수도 없고, 빛과 진동에 민감하며, 부패한 생물체를 먹고 살아간다. 지렁이는 토양에 공기를 유통시키고, 배수를 촉진시킨다. 유기물질을 빠르게 분해하여 영양이 풍부한 물질을 제공해주고, 또한, 수많은 어류들의 미끼로 사용되기도 한다.

이서빈 시인의 「지렁이 하혈하는 밤」은 생태환경 측면에서 자연과 교감하며, 지렁이 한 마리의 흐느낌에서 지구촌의 신음소리를 듣는 시인만이 쓸 수 있는 시라고 할 수가 있다. "여보게/ 지렁이 흐느끼는 소리 들리지 않는가"라는 시구는 지렁이를 하찮은 미물이라고 폄하하는 우리 인간들의 마비된 의식을 일깨우고, "죽은 지렁이 혼 땅에 내려앉지 못하고/ 산허리 강발치 자욱한 안개로 떠돌고 있네"라는 시구는 죽어서도 정처없이 떠도는 지렁이의 너무나도 안타까운 비명횡사를 말해준다. 이 세상에 "불 켜지고 꺼지는 일"은 모두가 "지렁이 환영幻影"이며, 이 세상의 지렁이가 사라지면 모든 동식물들이 다 사라진다는 것을 뜻한다. 어느 누가 감히 지렁이를 징그러운 몸뚱이라고 희롱할 수가 있겠으며, 어느 누가 "죽은 영혼에 쌀 한 숟가락 넣어주듯/ 종種 영혼 한 톨 부활 위해/ 밤을 숨기고 흰배로 중력을 걷어내며/ 꿈으 틀으 꿈으 틀, 제 안의 온도 이식하는" 지렁이의 삶의 철학과 그 예술 앞에 경의를 표하지 않을 수가 있겠는가?

하지만, 그러나 우리 인간들의 탐욕과 만행에 의해 "살충제 먹은 지렁이 하혈소리 지구를 적시고/ 속이 타 땅위로 올라오다 땡볕에 녹아/ 여기저기 시체 끌고 가는 불개미 운구 행렬"을 보게 된다. 요컨대 이서빈 시인과 지렁이는 둘이 아닌 하나이며, 나는 그 지렁이와 함께 피를 토하듯이 한 자, 한 자 온몸으로 시를 쓰고 있는 것이다. 이서빈 시인의 「지렁이 하혈하는 밤」은 검은 잉크로 쓰지 않고 붉디 붉은 피로 쓴 시이며, 또한, 그 시는 손으로 쓰지 않고, 지렁이처럼 "꿈ᄂ틀ᄂ꿈ᄂ틀" 온몸으로 쓴 것이다.

마당 한쪽의 흙이 바싹 말라가면 흑흑하는 지렁이의 눈물소리가 들려오고, 지렁이의 눈물소리가 들려오면 그것은 세상의 위급을 알리는 통곡소리가 된다. 만물의 영장인 인간은 파릇파릇한 숲만을 보지, 이 파릇파릇한 숲이 "우리가 살아보지 못한 모퉁이 안쪽에서/ 지렁이가 종야終夜 토해낸 눈물 한 점"의 소산이라는 것을 모른다. 부분은 전체와 관련이 있고, 전체는 부분과 관련이 있듯이, 지렁이 한 마리의 힘이 모든 생명체를 다 먹여 살리고 있는 것이다.

「지렁이 하혈하는 밤」은 '남과 다른 시쓰기 동인들'과 이서빈 시인이 하혈하는 밤이며, 대자연의 푸른 숲과 모든 생명체들이 다 죽어가는 밤이라고 할 수가 있다. 인간의 탐욕이 만물의 영장이라는 특권으로 포장되고, 만물의 영장이라는 특권이 '돌대가리 중의 돌대가리들'인 악마들의 잔혹극으로 이어지고 있는 것이다.

아아, 이서빈 시인이여, '남과 다른 시쓰기 동인들'이여,

우리가 어떻게 "동물의 숨소리 식물의 숨소리가/ 봄을 뚫고 튀어나와/ 싱싱해지는 그날까지/ 우리는/ 생태계를 새파랗게 키워낼" 수가 있단 말인가?

돌대가리들 중의 돌대가리들인 악마들이 더 많은 특권과 더많은 돈을 벌기 위해 모든 생태환경을 다 파헤치고 저렇게 지랄발광을 하고 있는 이 시대에—.

박 영

삼랑진역

구포역에서 삼랑진역까지 걸어갈 거라 나섰던 길

화명동에서 물금에서 돌아서기를 몇 번

아직도 걸음으로 가보지 못하고

기차에 몸을 싣고 지나간다

나는 도착하지 못하고

작은 마을에 삼랑진이 내린다

몇 개의 철길과 낡은 기차가

선명한 글씨로 팻말을 만들기 시작한다

기차에서 내린 사람들 어슬렁거릴 때

교회의 첨탑 십자가가

흐드러진 벚꽃이

급수탑이

두리번거리는 삼랑진을 목격한다

삼랑진 앞에 팻말을 들이대자

비로소 삼랑진역이 된다

도착하지 못하고 서성이는

한번은 걸어서 당도해야 하는

이름을 걸어주고 싶은 역, 있다

삼랑진역은 1905년 경부선 보통역으로 시작했으며, 현재는 1940년과 1999년에 신축된 역사라고 한다. 삼랑진역은 경부선의 역인 동시에, 경전선(경상도 – 전라도)의 시발역이며, 경남 밀양시 삼랑진읍 천태로에 위치해 있다고 한다. 삼랑진역이 있는 삼랑리는 옛날에는 조창이 있는 유서 깊은 곳인데, 낙동강과 밀양강이 만나고, 거기에 큰 조차로 인해 바닷물이 역류해 들어와 세 개의 물결이 존재한다는 뜻에서 삼랑이라는 이름이 지어졌다고 한다. 오늘날의 삼랑진읍의 옛지명은 밀양군 하동면이었는데, 삼랑진역이 유명해지면서 거꾸로 그 고을의 이름이 역명에 따라 삼랑진읍으로 바뀐 것이라고 한다.

박영 시인의 「삼랑진역」은 낭만주의의 전범이며, 영원히 도달할 수 없는 이상 세계에 존재한다. 자유와 평등과 사랑의 물결이 낙동강과 밀양강과 바닷물과 만나고, 물질적인 풍요와 행복과 그 환상적인 삶이 마치 아름다운 예술작

품처럼 펼쳐진다. 모든 것이 다 갖추어져 있고, 그 어떤 꿈
도 이루지 못할 것이 없으며, 너와 내가 손에 손을 잡고, 우
리 모두가 다같이 어떤 갈등이나 다툼도 없이 꿈인 듯, 생
시인 듯 살아간다.

자유의 절정인 삼랑진역, 평등의 절정인 삼랑진역, 사랑
의 절정인 삼랑진역, 풍요의 절정인 삼랑진역, 행복의 절
정인 삼랑진역, 예술과 아름다움의 절정인 삼랑진역 ―.
너무나도 아름답고 너무나도 완벽하기 때문에 이 세상 그
어디에도 존재하지 않는 역이 박영 시인의「삼랑진역」이라
고 할 수가 있다. 그러니까 그는 "구포역에서 삼랑진역까
지 걸어"가겠다고 몇 번씩이나 나섰지만, 그러나 "화명동
에서 물금에서 돌아서기를 몇 번씩"이나 거듭했고, "기차
에 몸을 싣고"서도 끝끝내 도착하지를 못했던 것이다. 내
가 걸어갈 수 없는 삼랑진역, 아니, 내가 기차를 타고서도
도착할 수 없는 삼랑진역에는 "작은 마을"이 내리고, "몇
개의 철길과 낡은 기차가/ 선명한 글씨로 팻말을 만들기
시작"한다. "기차에서 내린 사람들 어슬렁거릴 때/ 교회의
첨탑 십자가가/ 흐드러진 벚꽃이/ 급수탑이/ 두리번거리
는 삼랑진을 목격"하고, "삼랑진 앞에 팻말을 들이대자/ 비
로소 삼랑진역이"「삼랑진역」이 된다.

하지만, 그러나 박영 시인은 끝끝내 「삼랑진역」에 도착하지 못하는데, 왜냐하면 "한번은 걸어서 당도해야 하는/이름을 걸어주고 싶은 역"이기는 하지만, 그러나 그가 도착하면 삼랑진역은 마치, 하나의 신기루처럼 이 세상에 존재하지 않을 것이기 때문이다. 아담과 이브의 에덴동산처럼, 부처의 극락처럼, 플라톤의 이상국가처럼, 마르크스의 공산국가처럼, 프란츠 카프카의 『성城』처럼, 낭만주의자는 하나의 이상을 만들고, 그 이상세계를 끊임없이 맴돌며, 그 이상세계를 미화하고 성화시키게 된다. 박영 시인의 「삼랑진역」은 충족이유율, 즉, 그 존재의 근거는 그의 상상 속이지, 실제의 현실 속에는 존재하지 않는다. 그러니까 삼랑진역은 상상—기호 속에 존재하면서도 존재하지 않아야 하고, 존재하지 않으면서도 그 상상—기호 속에 존재하지 않으면 안 된다. 「삼랑진역」에 닿으면 상상—기호는 환멸이 되고, 기대는 배반이 되고, 그러니까 박영 시인은 그 상상—기호 속에 살면서도 그곳에 가지 못하고 있는 것이다.

모든 사상과 이론, 모든 예술과 국가는 이처럼 낭만주의의 소산이며, 박영 시인의 「삼랑진역」도 그렇다고 할 수가 있다. 「삼랑진역」은 참되고, 완전하며, 박영 시인의 영원한 낭만 속에 존재한다. 낭만주의는 모든 예술작품의 토대가 되고, 낭만주의는 낙천주의의 곁가지에 지나지 않는다.

박영 시인의 「삼랑진역」은 참되고, 완전하고, 영원하다.

모든 시와 사상은 낙천주의를 양식화시킨 것이다.

안 태 희

숲발전소

유모차 지팡이 차들 쿨럭거리는 소리
새들의 날갯짓 물고기 헤엄 동물들 포효도
들리지 않는 지점에서 흙비만 내린다

발전소가 멈추었다
비바람 수증기를 만들어내는 숲발전소 주식회사
살아있는 것들의 숨을 만들던
주식회사 숲발전소는 지구에서 가장 의로운 회사
그 회사가 부도를 맞았다
숲발전소에 빌붙어 먹고 살던 생명체들
아무도 회사를 살릴 생각 않는다
거래처인 콩고숲도 부도위기를 맞고
숨을 할딱인다
연이은 거래처인 숲들 모두 하나 둘 망하고
회사가 도산위기에 처하자

전 인류의 목숨도 위험에 처했다

모래 온도는
거북의 성별을 장난질 친다
부도는 바람을 부채질하고
열 오른 태양
후후후 푸푸푸 펄펄 지구를 끓인다

파리 오줌 같은 사슬에 걸려
한반도로 밀려온 밍크고래 생이 다 부서지고 깨졌다

살아있는 모든 생명체의 숨통을 끓어라
自然이 自然으로 무릎 꿇는 날 우리 지구별은 사라질 것
이다

밍크고래 마지막 말이 쓸쓸 망망대해를 출렁이는
서천 하늘이 붉다

안태희 시인의 「숲발전소」는 "지구에서 가장 의로운 회사"이지만, 이제는 생태환경의 파괴와 함께, 더 이상의 경영이 어려워진 회사라고 할 수가 있다. 비바람의 수증기를 만들고, 모든 생명체들의 숨을 만들었지만, 그러나 이제는 그 「숲발전소」가 부도를 맞이하게 된 것이다. 유모차와 지팡이와 차들의 쿨럭거리는 소리와 새들의 날갯짓과 물고기들의 헤엄과 동물들의 포효소리도 들리지 않는 지점에서 흑비만 내리고, "숲발전소에 빌붙어 먹고 살던 생명체들은/ 아무도 회사를 살릴 생각"을 하지 않는다. 콩고숲도 부도위기를 맞고, 모든 거래처인 숲들도 하나 둘 망하고, 전 인류의 목숨도 위태롭게 되었다.

모래 온도는 거북의 성별을 혼란스럽게 하고, 숲발전소의 연이은 부도는 바람을 부채질하고, "열 오른 태양"은 "후후후 푸푸푸 펄펄 지구를" 끓인다. 파리 오줌같은 운명의 사슬에 걸린 밍크고래는 한반도에서 생이 다 부서지고 그 모든 것이 다 깨져 버렸다. 안태희 시인은 이 「숲발전소」의 부도 앞에서 다만 넋을 잃고, "살아있는 생명체들의 숨통을" 끊으라고 저주의 말을 퍼부으며, "自然이 自然으로 무릎 꿇는 날 우리 지구별은 사라질 것이다"라고 이 지구촌의 파산선고를 내린다.

돈은 탐욕이고, 탐욕은 만악의 근원이다. 돈은 이기주의의 꽃이고, 오늘날은 돈이 전지전능한 신이 되었고, 모든 종교와 신앙이 대청소되었다. 우리는 돈의 탐욕과 규율 아래 인간의 사회성과 모든 공존―공생의 관계를 다 깨뜨려 버리고, 오직 자기 자신의 이기주의의 꽃만을 피우게 되었다. 선도 악이 되었고, 자비심과 친절함도 악이 되었다. 인간과 인간의 사회성도 악이 되었고, 인문주의와 전통과 역사도 악이 되었다. 그 대신에, 탐욕도 선이 되었고, 이기주의도 선이 되었다. 개인주의도 선이 되었고, 반인문주의와 전통과 역사의 파괴도 선이 되었다. 돈은 인류의 역사상, 그 모든 가치관을 다 전도시키며, 우리가 그토록 혐오하고 싫어하던 탐욕을 근본이념으로 삼게 만들었던 것이다.

과연 우리 인간들이 언제, 어떻게 만악의 근원인 탐욕을 근절시키고, 인간이 인간을 신뢰하고 이 지구촌을 만물의 공동터전으로 회복시킬 수가 있을 것이란 말인가? 자연과학의 꽃인 인공지능에게 지구촌의 적정 인구는 얼마이고, 인간의 수명은 과연 얼마가 되어야 하는지를 물어보면 오늘날의 지구촌의 위기는 너무나도 가장 쉽고 간단하게 그 해답을 얻을 수가 있을 것이다. 가령, 지구촌의 적정 인구가 20억 명 정도라면 60억 명의 잉여인구는 어떻게 할 것이고, 인간 수명이 70세 정도라면 70세 이상의 고령 인간들을 어떻게 해야 될 것이란 말인가? 인간의 이성은 반이성이 되었고, 자연과학은 인간과 모든 생명체들과 지구촌의 종말을 주재하는 원자폭탄이 되었다.

안태희 시인의 「숲발전소」는 더 이상의 존재의 근거와 그 생명력을 상실해 버렸다. 따라서, "自然이 自然으로 무릎 꿇는 날 우리 지구별은 사라질 것이다"라는 예언은 너무나도 완벽하게, 너무나도 엄청난 오류 위에 기초해 있는 것인데, 왜냐하면 자연은 이 세상에서 결코 소멸하는 것이 아니기 때문이다. 오직 사라지는 것은 오늘날의 지구촌과 그 생명체들이며, 따라서 이 지구촌이 대폭발을 한다고 하더라도 대우주와 대자연은 또다른 생명체들의 터전이 될 것이기 때문이다. 대자연과 대우주는 모든 생명체들보다 더 크고, 자연의 법칙을 거스르는 자들을 결코 용시하지 않는다.

지구와 우주는 입자와 입자, 또는 먼지와 가스로 이루어져 있고, 모든 별들과 별들은 펄펄 끓는 용암들과 그 불꽃들로 이루어져 있다. 지구도 이글이글 타오르고, 우주도 이글이글 타오르며 끓는다. 따지고 보면「숲발전소」가 그 생명력을 잃는 것도 아주 작고 사소한 문제일 뿐, 우리 인간들이 걱정할 문제가 아니다.

　돈, 만악의 근원인 탐욕은 그러나 숲발전소와 함께, 우리 인간들의 역사를 종식시키게 될 것이다.

　네가 원하는 것이 더 많은 돈이라면 너는 수많은 사람들의 목숨을 빼앗고, 강도, 살인, 사기, 약탈을 일삼지 않으면 안 된다. 네가 원하는 것이 지식이라면 너는 그 지식을 가지고 만인들 위에 군림하며 천사의 탈을 쓴 사기꾼이 되지 않으면 안 된다. 네가 오래오래 장수하기를 원한다면 너의 건강을 위해 너무나도 엄청난 천연자원의 훼손과 함께, 수많은 종의 질서를 무너뜨리는 악마가 되지 않으면 안 된다.

　이 세계는 만물의 공동터전이고, 안태희 시인의「숲발전소」를 파괴시키는 행위는 만악의 근원인 탐욕의 소산이자 가장 크나큰 죄악이라고 하지 않을 수가 없다.

　일찍이 노자와 장자가, 장 자크 루소가 역설한 바가 있

듯이, 「숲발전소」를 살리기 위해서는 자연으로 돌아가 자
연스럽게 사는 수밖에는 없다.

나 희 덕

줍다

조개를 주우러 해변에 갔었어요
검은 갯벌 속의 조개들
그러나 손에 잡히는 건 빈 껍데기뿐이었지요

조개를 줍든
이삭을 줍든
감자를 줍든
상자를 줍든

몸을 최대한 낮추고 굽혀야 한다는 것

무엇을 만들거나 사지 않아도 돼요
줍고 또 줍는 것
이것이 내가 살아가는 방식이죠

쓰레기, 라는 말을 너무 함부로 쓰지 않나요?

누군가 남긴 음식이나 물건이 그렇게 표현되는 건 슬픈
일이지요

그들은 버림으로써 남긴 거예요

나의 나날은 그 잉여만으로도 충분해요

어떤 날은 운이 아주 좋아요

누군가 먹다 남긴 피자가 상자째 놓여 있기도 하지요

유통기한이 지났지만 신선한 통조림

기분좋은 말 몇 마디나 표정을 주워오기도 해요

이따금 인상적인 뒷모습이나 그림자를 줍기도 하지요

자아, 둘러보세요

주울 것들은 사방에 널려 있어요

허리를 굽히며 다가가 건져올리기만 하면 돼요

손만큼 좋은 그물은 드물지요

다른 사람 몫을 조금 남겨두는 것도 잊지 마시고요

그날의 해변처럼

빈껍데기만 남아 있지 않도록 말이지요

‘줍다’라는 말은 무엇이 떨어져 있거나 흩어져 있는 것을 집어 올릴 때 사용되는 말이기도 하고, ‘줍다’라는 말은 다른 사람이 잃어버린 돈이나 물건을 주웠을 때 사용되는 말이기도 하다. ‘줍다’라는 말은 ‘주워 들은 이야기’처럼 다른 사람의 말을 들었을 때 사용되는 말이기도 하고, ‘줍다’라는 말은 다른 사람이 버린 아이를 데려왔을 때 사용되는 말이기도 하다. 나희덕 시인의 「줍다」라는 시는 그의 삶의 철학과 윤리의 토대 위에서 쓰여진 시이며, 그것이 “조개를 줍든/ 이삭을 줍든/ 감자를 줍든/ 상자를 줍든” 어렵고 힘든 삶을 사는 사람들에게는 더없이 고귀하고 성스러운 행위일 수도 있는 것이다.

‘고추를 따다’, ‘감을 따다’, ‘사과를 따다’라는 말도 있고, ‘고구마를 캐다’, ‘감자를 캐다’, ‘금을 캐다’라는 말도 있다. ‘가재를 잡다’, ‘고래를 잡다’, ‘사슴을 잡다’라는 말도 있고, ‘벼를 수확하다’, ‘옥수수를 수확하다’, ‘밀을 수확하다’라는 말도 있다. '자동차를 만들다', '비행기를 만들다', '인형을 만들다'라는 말도 있고, '시를 짓다', '그림을 그리다', '밥을 짓다'라는 말도 있다. '무엇을 따다', '무엇을 캐다', '무엇을 수확하다', '무엇을 만들다', '무엇을 짓다', '무엇을 그리다', '무엇을 쓴다'라는 동사는 그 주체자의 창의성과 역동성을 드러내는 매우 기분 좋고 신나는 말들임에 반하여, '줍다'라는 동사는 그 주체자의 몰주체성과 그 수동성을 드러내는 매우 처량하고 슬픈 말일 수밖에 없다. "조개를 줍든/ 이삭을 줍든/ 감자를 줍든/ 상자를 줍든" 그것은 쓸모없이 버려진 물건들을 줍거나 기껏해야 '어떤 행운에 깃든 횡재'를 바라는 행위일 수밖에 없는 것이다.

때때로 그것은 크나큰 돈이나 금은보석일 수도 있지만, 그러나 떠돌이-나그네, 즉, 대도시의 부랑자들에게는 그렇게 큰 행운은 좀처럼 찾아오지 않는다. 농토도 없고, 집도 없다. 힘찬 일터도 없고, 언제, 어느 때나 피곤하고 지친 육체를 쉬게 할만한 곳도 없다. 돈도 없고, 가족도 없고, 친구도 없다. 이 떠돌이-나그네, 즉, 대도시의 부랑자들이 살 수 있는 방법은 최대한 몸을 낮추고 굽혀야 한다는 것, 무엇을 만들거나 사지 않아도 된다는 것, "누군가가 남긴 음식이나 물건"을 줍는 것일 수밖에 없는 것이나. 요건대

자기 자신의 집에서 먹고 살며, 노동이 유희가 되고, 이 유희가 만인들의 존경과 찬양을 받는 예술작품이 되기는커녕, 잉여생산물, 또는 쓰레기통이나 뒤진다는 것은 차라리 '사는 것이 죽는 것만도 못한' 더없이 비굴하고 비참한 모습일 수밖에 없는 것이다.

왜 사는가? 왜, 무엇 때문에 집도 절도 없이 그토록 더럽고 추한 모습으로 살아가야 하는가? 누군가가 먹다 남긴 피자를 상자째 주울 수도 있고, 유통기한 지난 신선한 통조림을 주울 수도 있다. 기분 좋은 몇 마디나 표정을 주울 수도 있고, 어떤 멋진 사람의 인상적인 뒷모습이나 그림자를 주울 수도 있다. 가난은 생존만이 최고의 목적인 막다른 골목이고, 가난의 문화는 있을 수가 없다. 가난한 사람은 미래를 설계할 수도 없고, 자기 자신의 운명마저도 외부의 조건이나 어떤 운명에 맡길 수밖에 없게 된다. 비록, "줍고 또 줍는 것"이 내가 살아가는 삶의 방식일지라도 이 비생산적인 노동으로 최고의 풍요와 그 행복을 움켜쥘 수는 없는 것이다.

모든 욕망은 필요와 결핍에서 생겨나고, 그 욕망을 충족시키면 일시적인 만족이나 기쁨을 얻을 수도 있다. 하지만, 그러나 그것은 잠시 잠깐 동안일 뿐, 곧 또다른 욕망이 나타나 우리들은 생존의 고통을 겪게 된다. 쇼펜하우어의 말대로, "우리가 운명으로부터 받은 최대의 선물은 거지의 발아래 던져진 푼돈과 마찬가지로 오늘의 목숨에 풀칠을 하여 그 괴로운 생존을 내일까지 연장시킬 뿐"인 것인지도 모른다. 나희덕 시인의 「줍다」의 주체자는 우리들 모두이고, 우리들의 삶의 철학은 "그날의 해변처럼/ 빈껍데기만 남아 있지 않도록" "다른 사람 몫을 조금씩 남겨두는" 것이다.

'줍다'는 거지의 생산성이고, '줍다'는 거지의 철학이다.

어느 것도 소유하지 않음으로써 그 모든 것을 다 소유했다는 무소유의 행복, 이 무소유의 행복이 나희덕 시인의 서정성과 낭만일 것이다.

대도시의 부랑자의 삶도 그림으로 그리면 명화가 될 수 있듯이, '거지의 철학'도 시로 쓰면 더없이 아름답고 낭만적이다.

학자는 학문연구를 하는 것이 직업이고, 정치인은 국가와 세계를 경영하는 것이 직업이다. 나는 사상가이고 전 인류의 스승이며, 나의 사상과 이론에 따르면 모두가 다같이 행복해지고 고급문화인이 될 것이다.

우리 학자들이여, 우리 정치인들이여, 당신들은 언제,

어느 때나 이처럼 너무나도 당당하고 자신있게 이러한 말
들을 할 수 있어야 한다.

유 종 인

숲 선생

겨울 근자近者에
선생께서는
곤줄박이 서너 마리와 붉은머리오목눈이 이십여 마리를
마을 인가에 내려보내셨다

나는, 선생의 사신단 일행을 병꽃나무 울타리에서 우연
히 맞아
때론 푸른 가시뿐인 탱자울타리에서
괜히 위리안치된 이의 반짝이는 설움으로
저들의 수다스러운 안부를 눈시울에 담았다

선생의 말씀이나 당부는
한번의 여울물 소리 뒤에 공중에 한없이 떠도는 깃털 하
나의
들릴 듯 말 듯한 전갈이 전부였으나

긴 겨울 가뭄 끝에 나는 오체투지로
그 섬섬한 침묵의 하산 앞에 하염없이 글썽일 따름이었다

뒤미처 정숙한 동고비 두엇이 다녀갔다
나는 미처 대접할 마련이 없이 물 종지만 내었을 뿐
삶이 적막일 때마다 선생은
산그늘의 목청을 풀고 산금山禽을 내려보낸다는 정도만
뒤란의 스러진 소란 뒤의 소슬함으로 똥길 따름이다

여기저기 꽃이 벙글었을 때는
선생이 숲에서 겨우내 가꾼 혼신渾身이
세속에 초록의 온도를 좀 올려놓았다는 것만
겨우 눈물겨움으로 엿볼 따름이었다

유종인 시인의 「숲 선생」은 유교적인 선비풍의 시이자, 이 세상에서 소외된 자의 서러움이 듬뿍 배어 있는 시라고 할 수가 있다. "겨울 근자近者에/ 선생께서는", "나는, 선생의 사신단 일행을", "괜히 위리안치된 이의 반짝이는 설움으로", "긴 겨울 가뭄 끝에 나는 오체투지로", "산그늘의 목청을 풀라고 산금山禽을 내려보낸다는 정도만"은 유교적인 선비풍이 듬뿍 배어있는 시구들이고, "위리안치된 이의 반짝이는 설움으로", "그 섬섬한 침묵의 하산 앞에 하염없이 글썽일 따름이었다", "여기저기 꽃이 벙글었을 때는/ 선생이 숲에서 겨우내 가꾼 혼신渾身이/ 세속에 초록의 온도를 좀 올려놓았다는 것만/ 겨우 눈물겨움으로 엿볼 따름이었다"라는 시구들은 유배지에서의 그 불운의 운명과 참담한 시절을 보내고 있는 자의 마음을 사실 그대로 드러내고 있는 시구들이라고 할 수가 있을 것이다.

왜, 그는 푸른 가시뿐인 탱자울타리를 위리안치의 유배

로 생각하고, 왜, 그는 여기저기 꽃이 벙글었을 때에도 "겨우 눈물겨움으로" 그 봄소식을 엿보고만 있는 것일까? 왜냐하면 춘래불사춘春來不似春, 즉, 봄이 왔어도 봄이 온 것이 아니기 때문이다. 이론철학은 그의 삶의 목표가 되어주고, 실천철학은 그의 삶의 목표를 달성할 수 있는 수단이 되어준다. 말과 행동, 즉, 이론철학과 실천철학이 하나가 되면 그의 행복지수가 상승하게 되지만, 그러나 그의 뜻을 실천할 수 있는 출구가 막혀버리면 그 슬픔과 함께, 그의 불행의 지수가 올라가게 된다. 자기 자신의 삶의 목표와 공동체 사회의 목표가 일치할 때는 그의 행복지수가 가장 높이 올라가게 될 것이고, 자기 자신의 삶의 목표와 공동체 사회의 목표가 너무나도 결이 다르고 적대적일 때는 그는 어쩔 수 없이 유배된 자의 삶을 살게 될 것이다.

유종인 시인의 「숲 선생」은 그 모든 출구가 막힌 시인에게 한 줄기의 서광이자 구원자라고 할 수도 있겠지만, 그러나 그 '숲 선생'은 그의 삶의 목표와 그가 잃어버린 사회성을 복원시켜 줄 수 있는 구원자는 아니었던 것이다. "곤줄박이 서너 마리와 붉은머리오목눈이 이십여 마리를/ 마을 인가에 내려보낸" 것도 기쁜 일이 아니었고, "나는, 선생의 사신단 일행을 병꽃나무 울타리에서 우연히 맞이" 했어도 기쁜 일이 아니었다. "뒤미처 정숙한 동고비 두엇이 다녀"가고, "산그늘의 목청을 풀라고 산금山禽을 내려" 보낸 것도 기쁜 일이 아니었고, 「숲 선생」이 겨우내 가꾼 숲에서 "여기저기 꽃이 벙글었을 때"에도 기쁜 일이 아니었다. "괜히 위리안치된 이의 반짝이는 설움으로/ 저들의 수다스러운 안부를 눈시울에 담았다", "긴 겨울 가뭄 끝에 나는 오체투지로/ 그 섬섬한 침묵의 하산 앞에 하염없이 글썽일 따름이었다", "산그늘의 목청을 풀라고 산금山禽을 내려보낸다는 정도만/ 뒤란의 스러진 소란 뒤의 소슬함으로 똥길 따름이다", "여기저기 꽃이 벙글었을 때는/ 선생이 숲에서 겨우내 가꾼 혼신渾身이/ 세속에 초록의 온도를 좀 올려놓았다는 것만/ 겨우 눈물겨움으로 엿볼 따름이었다"라는 시구들은 '숲 선생'의 말씀이나 당부, 또는 그 위로가 더욱더 마음이 아프고 슬픈 '희망 고문'이었다는 사실을 말해준다. 유배지의 삶—위리안치의 길은 꽃길도 아니고, '숲 선생'이 도와준다고 해서 치유될 있는 길도 아니다. 유배지의 삶—위리안치의 길은 설움의 길이자 눈물의 길인 '똥길'이며, 인간이 더 이상 인간답게 살 수 없는 불명예와 치욕의 길에 지나지 않는다.

유종인 시인의 「숲 선생」은 자기 자신의 의사와는 상관없이 유배된 삶을 살며, 그가 처한 자연환경과 친화적인 삶을 살고자 했었지만, 그러나 그 뜻을 이루지 못한 서러움을 노래한 시라고 할 수가 있다. 유배지의 자연환경을 '숲 선생'이라는 극존칭으로 인간화시켜 보았지만, 유배지는 유배지일 뿐, '숲 선생'의 그 어떤 가르침이나 위로도 아무런 소용이 없었던 것이다. 이 세상에서 가장 무서운 형벌은 사형을 당하는 것이고, 그 다음으로 무서운 형벌은 사회로부터 쫓겨나 유배를 당하는 것이다. 부모형제와 처자식도 만날 수가 없고, 친구와 직장의 동료들과 그 이웃들과도 만날 수가 없다. 꿈과 희망도 없고, 그가 해야 할 힘찬 일터도 없고, 자유와 평화와 행복한 삶을 향유할 수도 없다.

유배자의 삶, 은둔을 강요받은 자의 삶, '숲 선생'의 가르침과 위로마저도 서러움과 눈물이 되는 삶 ─. 유종인 시인의 「숲 선생」은 어느 선비의 눈물겨운 생존투쟁이자 그 절망의 노래라고 할 수가 있다.

너무나도 마음이 아프고, 감동적이고, 너무나도 슬픈 ─.

이 진 진
바그마티강 암에 걸리다

히말라야 산맥 키워낸 네팔
식수원이었던 청정 바그마티강도 키웠다
사람 죄 씻어주던 강
문명발달의 끊임없는 시간 흐름 속에
쓰레기 반란 시작된다

밥해 먹고 빨래 하던 맑은 강 쓰레기 매립장되어
진액 뽑아낸 매실 같이 쪼그라들고 오염되어
폐기종 걸린 환자되어 숨 헐떡인다

천국으로 직행하는 승차권 얻으려
강가서 화장해 극락왕생 빌며
수많은 시신 화장해 강물에 버리고
'아스뚜'를 섬기던 시간의 축적에
화장하고 남은 재와 낡은 물품 무덤에 강 죽어간다

>

　네팔 사람들 벌금 두려워 싱가포르 가서는 쓰레기 함부로 버리지 않고

　처벌이 죽어있는 네팔에 오면 공항에서부터 쓰레기 버린다

　강 아프다고 소리쳐도 듣지 못한다

　쓰레기의 60~70%만이 매립장으로 가고 나머지는 강에 버린다

　버려지는 쓰레기 쓰레기길 만든다

　자신들이 버린 쓰레기 자신에게 몰려온다는 진리 어디서 잠자는가

　바그마티강물 다시 식수원으로 살아나기까지

　얼마나 시간이 걸릴지

　그들의 눈물은 말한다, 신이 그들을 버렸다고

📖

　인간은 본래 월등하게 악질적인 동물이고, 이기적인 동물이라고 할 수가 있다. 현대 민주주의의 근본 이념인 자유와 평등과 사랑을 생각해 보더라도 그것은 너무나도 쉽고 간단하게 증명할 수가 있다. 한 사람의 자유는 타인의 자유를 짓밟고, 만인의 평등은 최소한도의 위계질서마저도 부정하며, 인간과 인간에 대한 사랑은 그 모든 것이 자기 자신에 대한 사랑으로 귀착된다. 모든 것이 유아론적이고 자기 중심적이며, 가장 어렵고 힘들고 자기 희생적인 일들 앞에서는 다들 도망을 가버린다. 잔칫집에는 제일 먼저 가고, 전쟁터에는 제일 나중에 간다. 모든 성공과 승리는 내 탓이고, 모든 실패와 패배는 네 탓이다. 사회적 위기, 즉, 자기 자신에게 유리할 때는 자유와 평등과 사랑의 신봉자가 되고, 자기 자신에게 불리할 때는 자유와 평등과 사랑을 짓밟아 버린다. 남녀노소, 동양인과 서양인, 또는 기독교인과 불교인 등을 따질 것도 없이 누구나 다같이 자기 자신에 대한 권리만을 찾고, 이 세상에서 가장 어렵고 힘든 일에 대한 의무를 부정하고 있다는 점에서, 우리 인간들은 너무나도 월등하게 악질적이고, 이기적인 동물이라고 할 수가 있다.

네팔인들에게 '네팔'은 아버지이자 어머니이며, 이 세상에서 가장 아름답고 성스러운 조국이라고 할 수가 있다. 만물의 근원인 아버지의 힘이 히말라야의 설산으로 가장 장중하고 화려하게 뻗어있고, 만물의 근원인 어머니의 힘이 '상류 중의 상류', 즉, 네팔인들의 청정 식수원인 바그마티강으로 흐른다. 바그마티강의 기원은 히말라야이고, 히말라야의 핏줄은 바그마티강이고, 이 아버지와 어머니의 결합에 의하여 이 세상에서 가장 아름답고 성스러운 '네팔'이 탄생했던 것이다. 도둑을 맞아봐야 자기 자신이 얼마나 부자였던가를 깨달을 수가 있듯이, 모든 네팔인들의 죄를 씻어주고 먹여 살려주던 바그마티강이 죽어봐야 그 어머니강의 소중함을 알게 될 것이다. 아버지와 어머니가 이 세상을 떠난 뒤 '부모님의 은혜'를 깨달은 자처럼 어리석은 바보가 없듯이, 이성은 광기가 되고, 인간의 영리함은 천하제일의 미치광이의 그것이 된다.

모든 도덕과 법률과 풍습의 미덕은 '성악설'에 기초해 있으며, 우리 인간들의 말과 행동을 규제하고 공동체 사회의 질서를 확립하기 위해 존재한다. 그 옛날 원시공동체 사회는 네 것, 내 것이 없고 자연과 하나가 된 사회였지만, 사유재산제도가 무한대로 허용되고 더 많은 생산과 더 많은 소비가 미덕인 자본주의 사회에서는 자연은 다만 천연자원의 보고이자 쓰레기 배출장소에 지나지 않는다. "밥해 먹고 빨래하던 맑은 강"은 "쓰레기 매립장"이 되고, "진액 뽑아낸 매실 같이 쪼그라들고 오염되어" "폐기종 환자"처럼 너무나도 어렵고 힘겨운 숨을 헐떡거린다. 자본주의 사회의 인간들은 아버지인 히말라야도 모르고, 어머니인 바그마티강도 모른다. 친구도 모르고, 이웃도 모르고, 오직 더 많은 돈, 즉, "천국으로 직행하는 승차권 얻으려/ 강가서 화장해 극락왕생 빌며/ 많은 시신 화장해 강물에 버리고/ '아스뚜'를 섬기던 시간의 축적에/ 화장하고 남은 재와 남은 물품"들을 무차별적으로 버리며, 바그마티강을 쓰레기 처리장으로 만든다.

천연자원이 많은 자연은 좋은 자연이고, 천연자원이 다 파헤쳐진 자연은 나쁜 자연이다. 돈 많은 사람은 좋은 친구이고, 가난한 사람은 나쁜 친구이다. 좋은 자연에서는 부자가 살아야 하고, 나쁜 자연에서는 가난한 사람이 살아야 한다. 돈 많은 부자에게는 언제, 어느 때나 정중하고 예의 바르게 대해야 하지만, 가난한 사람에게는 언제, 어느때나 인간 쓰레기 취급을 해도 된다. "네팔 사람들" 역시도 "싱가포르 가서는" 벌금이 두려워 쓰레기 함부로 버리지 않지만, 자기 자신의 조국인 네팔에 돌아오면 공항에서부터 아무 곳이나 쓰레기를 함부로 버리고, "강이 아프다고 소리쳐도 듣지 못한다." 싱가포르는 돈 많은 부자의 나라가 되고, 네팔은 인간 쓰레기가 사는 최하 천민의 나라가 된다. 아버지와 어머니가 돈주머니 차고 있으면 모든 자식들이 다 효자가 되지만, 아버지와 어머니가 가난하게 살면 그 어느 자식들도 거들떠 보지도 않는다. 자본주의 사회는 돈을 토대로 하여 부와 빈곤의 양극화 구조를 고착화시켰고, 그 모든 인간들의 인간성과 조국애마저도 다 박탈해버렸다.

히말라야의 설산들도 전 인류의 성소이고, 바그마티강도 전 인류의 성소이다. 이 성스러움의 영원성과 그 젖줄이 네팔인들은 물론, 모든 인류들을 먹여 살려왔지만, 이제 '바그마티강'이 '암'에 걸렸다는 것은 모든 천연자원이 고갈되고 인류의 역사가 종말을 고할 때가 되었다는 것을 뜻한다. 절대 빈곤과 기아선상에서 신음을 하고 있는 네팔인들에게는 애초부터 조국애와 충효사상은 기대할 수 없는 것이고, 따라서 "바그마티강물 다시 식수원으로 살아나기까지/ 얼마나 시간이 걸릴지"는 아무도 모른다.

이진진 시인은 「바그마티강 암에 걸리다」라는 시를 통해서 현대 자본주의 사회의 문명을 비판하고, "자신들이 버린 쓰레기 자신에게 몰려온다는 진리 어디서 잠자는가"라고 되묻는다. 이진진 시인의 문명비판과 이 물음은 오래오래 묵은 진리의 새 말씀이 되고, 히말라야의 설산과 바그마티강도 이 진리의 힘으로 영원한 생명력을 얻기를 바라고 있는 것인지도 모른다.

히말라야 설산과 바그마티강은 그 옛날부터 존재했고, 존재하고 있으며, 앞으로도 영원히 존재할 것이다. 아버지와 어머니의 얼굴, 즉, 대자연의 얼굴에 침을 뱉고 그 살점을 뜯어먹고 사는 저 하루살이— 쓰레기 같은 인간들과는 너무나도 다르게—.

이진진 시인의 시의 힘에 의하여, 히말라야 설산이 살아났고, 바그마티강이 살아났다.

시인만이 위대하고, 시인만이 장구한 평화, 즉, '아스뚜'를 주재할 수가 있다.

권 택 용
해바라기꽃 필 무렵

언제부턴가 장점마을엔

장례를 일상으로 받아들여야 했다

한 집 건너 한 집 암환자가 발생했다

비료공장 악취 오염 문제를 제기하기 시작한 지 17년

환경부는 화학공장 집단 암발병 인과관계 인정

비료공장은 담배 만들고

남은 찌꺼기인 연초막을 이용해 유기질 비료 생산했다

제1군 발암물질 발생

퇴비에만 사용할 수 있는 연초막 유기질을 비료 생산에

사용했다

장점마을 주민 88명 중

18명이 암으로 숨졌고 12명이 투병 중이다

집단 암 발병 마을되었다

>

생명보다 돈이 소중한

화학공장 사장도 폐암으로 숨졌다

오폐수 정화시설 공기오염 방지시설도 마을을 지켜주지
못했다

해바라기꽃 필 무렵 장점마을*은 단점마을이 되고 말
았다

* 장점마을은 전북 익산시 함라면 신등리에 있음.

우리 인간들은 집을 짓거나 무덤을 쓸 때조차도 가장 좋은 명당에 쓰기를 바란다. 가장 좋은 명당은 살기 좋은 곳이고, 이 살기 좋은 땅에서 영원히 아름답고 복된 삶을 살고 싶어하기 때문이다. 북쪽으로는 겨울 추위와 북서풍을 막아주고 풍부한 임산물을 채취할 수 있는 산이 있어야 하고, 남쪽으로는 비옥한 땅과 언제, 어느 때나 유장한 흐름을 멈추지 않는 강이 있어야 하는 곳, 바로 이러한 곳이 풍수지리학적으로 배산임수의 천하제일의 명당이라고 할 수가 있는 것이다.

권택용 시인의 「해바라기꽃 필 무렵」은 생태학적으로 '장점마을'이 '단점마을'로 전도된 비극을 노래하고 있는데, 왜냐하면 장점마을에 비료공장이 들어오고부터 "장점마을 주민 88명 중/ 18명이 암으로 숨졌고 12명이 투병 중"이기 때문이다. "비료공장 악취 오염 문제를 제기하기 시작한 지 17년/ 환경부"마저도 "화학공장 집단 암발병 인과관계를 인정"했지만, "한 집 건너 한 집 암환자가 발생"하는 문제를 막지는 못했고, '장점마을'이 최하천민의 '단점마을'이 되고 말았던 것이다. "생명보다 돈이 소중한" 자본주의 사회에서는 "오폐수 정화시설 공기오염 방지시설도 마을을 지켜주지 못했"고, 오히려, 거꾸로 그 "화학공장 사장님도 폐암"으로 죽고 말았던 것이다.

돈이 최고인 사회에서의 경제의 문제는 선악의 문제가 아니며, 최고의 이윤이 보장된다면 무차별적인 살인과 착취와 대자연의 파괴와 함께, 심지어는 그토록 잔인하고 끔찍한 전쟁까지도 일삼게 된다. 오늘날 러시아와 우크라이나 전쟁은 세계 경제의 패권을 둘러싸고 미국과 러시아가 벌이는 침략전쟁이며, 이 전쟁의 목적은 어느 누가 최고의 이익을 차지할 수 있는가라고 할 수가 있다. 신용대부는 고리대금업이 되었고, 제조업과 전자산업은 끊임없는 자연파괴와 무차별적인 착취의 토대 위에서 이루어진다. 자본주의 사회는 이기주의와 탐욕을 최고의 미덕으로 삼는 사회이며, 권택용 시인의 「해바라기꽃 필 무렵」은 이 자본주의 사회의 희생양인 장점마을의 묘비명에 지나지 않는다. 이웃과 이웃, 타인과 타인들의 생명과 재산을 산재로 빨아먹으려는 자본의 속성은 끊임없이 타인들의 생명과 재산을 강탈하며, 그토록 끊임없이 새로운 희생양들을 찾아 나선다. 이익이 있는 곳에 자본가가 있고, 천하제일의 명당이 있는 곳에서 끊임없이 약육강식의 피비린내가 풍겨 나온다.

어떠한 미사여구나 깊고 깊은 사유도 없이 무섭고 끔찍한 사건과 재앙 자체가 시가 되고 있는 권택용 시인의 「해바라기꽃 필 무렵」은 지구촌의 위기와 함께, 천하제일의 명당, 이 세상의 '장점마을'이 다 소멸되었다는 것을 뜻한다.

권택용 시인의 「해바라기꽃 필 무렵」은 서정시이고, 묘비명이며, 그 모든 것이 다 죽었다는 '단말마의 비명'이라고 할 수가 있다.

비료공장, 화학공장, 악취, 오염, 집단 암 발병 ─. 시인도 죽고, 서정시도 죽었다.

이 원 형

내 그것은 중독성 외로움

장미가 담을 넘는 일을 탓한다면
담을 타는 고양이에게 분개할 것인가

꽃이랑 놀고 싶었다
마침 마음 한 켠이 비었길래 양귀비를 심어 나를 위로해
주었으나
염치없이 미인을 탐한다는 소문이 담을 넘은 모양이다.

내 은밀한 취미를 관상용과 마약용으로 분류하여 꼬치
꼬치 캐묻는 법은
꽃보다 한 수 위라서
양귀비 앞에 꽃을 붙이면 합법
양귀비에서 꽃을 떼면 불법이란다
남들은 나보고 시인시인 하는데
경찰은 낱디라 시인하란다

>

양귀비는 왜 끌어들였죠?

끌어들이긴…… 흘러들었지

냉큼

엄지손가락 도장밥 먹여

내 그곳보다 희디 흰 진술서 낱장마다

양귀비 꽃잎 하나씩 그려넣어주고 왔다

꽃에게 마음 준 일 이리 붉다

내 그것은 중독성 외로움

  선천성 그리움*보다 중독성이 강하다고 각별히 유념하

라며 안 그럴 것 같은 경찰이 문 밖까지 배웅해주었다.

* 함민복 시인의 선천성 그리움.

고통이란 삶이 장애를 만난 것을 뜻하지만, 그러나 고통은 살아 있음의 구체적인 증거라고 할 수가 있다. 고통이 있기 때문에 삶이 있고, 삶이 있기 때문에 기쁨도 있다. 고통은 '아버지의 산'이자 '어머니의 강'이며, 모든 생명체들의 기원이라고 할 수가 있다. 슬픔의 기원도 고통이고, 기쁨의 기원도 고통이다. 외로움의 기원도 고통이고, 즐거움의 기원도 고통이다.

고통의 특효약에는 여러 가지가 있을 수도 있다. 첫 번째는 희망이고, 두 번째는 수면이다. 세 번째는 죽음이고, 네 번째는 마약이다. 희망은 어떤 고통도 물리칠 수 있는 용기를 가져다가 주고, 잠을 자면 일시적인 고통이 해소되고 새로운 희망을 갖게 된다. 죽음은 육체의 소멸과 함께 고통이 끝난 것을 말하고, 마약은 그 환각상태를 통해서 일시적인 도피처를 제공해준다.

자기 자신의 존재의 근거가 자유라면 이 자유만큼 고

귀하고 희소한 것도 없다. 우리는 모두가 다같이 자기 자신의 주체성과 자유를 확보하며 살아가고 싶어하지만, 그러나 대부분의 자유를 공동체에 의해서 빼앗기고 살아가게 된다. 우리가 태어날 때부터 저마다의 출신성분과 국적을 갖는다는 것이 그것을 말해주고, 따라서 공동체가 제공해주는 수많은 혜택을 얻는 대신에, 그것에 따르는 의무와 책임을 지지 않으면 안 된다. 수많은 혜택들은 채권자의 몫이 되고, 수많은 의무와 책임은 채무자의 몫이 된다. 도덕과 법률과 풍습의 미덕은 책임과 의무를 강제하고, 또한, 그것은 모든 공동체의 구성원들의 주체성과 자유를 구속한다.

이원형 시인은 양귀비를 '꽃 중의 꽃'이라고 생각하고, 그의 집안에 몇 포기의 양귀비를 심었던 것이다. '꽃중의 꽃'인 양귀비는 마약의 원료가 되고, 이 마약의 중독성 때문에 모든 나라는 양귀비의 재배와 마약의 생산과 유통을 철두철미하게 관리를 하고 감시를 하게 된다. 하지만, 그러나 마약이 제공하는 환각성과 그 중독성 때문에 마약의 수효는 늘어만 가고, 이것이 어렵고 힘든 삶을 살고 있는 이 세계의 수많은 사람들을 유혹하게 된다. 시인은 마약 중독자가 아니고, 마약을 투여할 일도 없고, 마약을 제조하여 돈을 벌 생각도 없지만, 그러나 경찰당국은 그를 소환하여 진술서에 도장을 받고, 다시는 양귀비를 심지 말라고 훈방조치를 했던 것이다. "양귀비 앞에 꽃을 붙이면 합법/ 양귀비에서 꽃을 떼면 불법이란다/ 남들은 나보고 시인시인 하는데/ 경찰은 날더러 시인하란다"가 바로 그것을 말해준다. 양귀비랑 놀고 싶었고, 그래서 양귀비를 심었지만, 그러나 사회적 규약의 총체로서의 법률은 나의 주체성과 자유를 철저하게 짓밟고 유린했던 것이다.

아름다움에는 국경도 없고, 차별도 없다. 아름다움에는 도덕도 없고, 종교도 없다. 아름다움은 만인들을 불러 모으고 더러움은 만인들을 떠나가게 한다. 아름다움을 보지 못하게 하거나 금기시 하면 더욱더 많은 사람들의 관심의 대상이 되고, 만인들이 아주 간단하고 손쉽게 접근할 수 있는 아름다움은 별다른 관심을 끌지 못한다. 아름다움과 아름다움의 차이는 그 희소가치에 따라서 결정되고, 이 희소가치에 따라서 중독성의 매력을 발산하게 된다. 양귀비꽃이 더 아름다운가, 장미꽃이 더 아름다운가? 양귀비꽃이 더 아름다운가, 모란꽃이 더 아름다운가? 양귀비꽃이 더 아름다운가, 벚꽃이 더 아름다운가? 이 아름다움과 아름다움의 차이는 상호간의 취향의 차이일 뿐이지만, 그러나 양귀비꽃의 아름다움은 중독성의 아름다움이라고 할 수가 있다. 모든 진통제의 원료인 마약, 고통의 치료제, 또는 고통의 완화제로서 최고급의 환각과 쾌락을 가져다 주는 마약, 모든 이 세상의 인과관계를 망각하게 하고 그 환각 속에서 비명횡사를 택하게 하는 마약 ─. 양귀비가 '꽃중의 꽃'이 된 것은 이처럼 가장 값비싸고 치명적인 마약의 원료였기 때문일는지도 모른다.

시는 자유이고, 그 어떤 구속도 없는 아름다운 삶을 원한다. 마약이든 약이든, 꽃양귀비이든 양귀비이든, 도덕이든 부도덕이든, 법이든 불법이든, 그것은 이 세상의 어중이떠중이들의 문제이고, 이원형 시인의 「내 그것은 중독성 외로움」은 그 모든 도덕과 법률과 풍습의 미덕을 떠나 있다. 양귀비와 사귀고 양귀비와 살기 위해서는 양귀비를 심고, 양귀비의 마음과 양귀비의 속살과 그 꽃이 되어보지 않으면 안 된다.

시는, 양귀비는, 아름다움은, 완전한 자유와 완전한 삶을 위해 존재하고, 그것을 떠나면 죽는다. 이 세상의 삶은 고통이고, 고통 속의 삶이지만, 그러나 시와 양귀비와 아름다움이라는 마약이 있기 때문에 이 세상의 삶을 살아갈 수가 있다.

이원형 시인의 「내 그것은 중독성 외로움」은 양귀비꽃에 대한 찬양이며, 그 꽃의 아름다움이 중독성의 매력을 가져다 준다고 말한다.

너 홀로 진정한 시인이 되어보라! 그러면 너는 중독성의 외로움에 빠져들게 될 것이다.

시는 양귀비꽃이 되고, 양귀비꽃은 중독성의 마약을 분수처럼 뿜어댈 것이다.

김 군 길

꼰대

꼰대라는 말은 백과사전에서 자기의 구태의연한 사고방식을 타인에게 강요하는 이른바 꼰대질을 하는 직장 상사나 나이 많은 사람을 가리키는 말이라 하였네

그래 절대 나는 그리되지는 말아야지 어떤 게 가장 곱게 늙어가는 방법일까 많은 생각이 있었으나
아무래도 현실에서 실천하기는 쉽지 않은 말이었네

그러다 보니 세상이 아무리 바뀌어도 힘 있고 지위 있는 자리일수록 여전히 꼰대들이 많다네
늘 자신에겐 관대하나 타인에겐 인색한

꼰대가 가장 두려운 점은 자기만의 잘못된 소신으로 '나 때는 말이야' 몰아치듯 아래 직원 피를 말리는 일
그러다 일이 잘못되면 남탓으로 적반하장 화내는 일

>

꼰대질이 줄어들수록 살기 좋은 사회라네
설마 나는 아니겠지 무게 잡고 내려다보는 바로
네가 꼰대라네

문화선진국은 65세 이상의 늙은이들이 전체 부의 70%를 차지하고 있고, 한국사회는 문화선진국보다 고령화의 속도가 늦은 만큼 65세 이상의 늙은이들이 전체 부의 45%를 차지하고 있다고 한다. 젊은이들은 돈이 없고, 늙은이들은 돈이 많다. 이 불공정한 사회를 바라보는 젊은이들의 시선은 매우 곱지 않고, 따라서 그들은 그들의 어렵고 힘든 처지를 비관한 나머지 늙은이들의 모든 가치관을 매우 사납고 잔인하게 물어뜯으며, 그 무엇보다도 '꼰대문화'를 부정한다. "힘 있고 지위 있는 자리일수록 여전히 꼰대들이" 많이 있고, "나 때는 말이야"라고 몰아치듯 아래 직원들의 피를 말린다. 시시때때로 "구태의연한 사고방식을" 강요하고, 타인들의 잘못은 일벌백계로 단죄를 하며, 자기 자신의 잘못에는 더없이 관대하기만 하다. 언제, 어느 때나 전통과 역사를 강조하는 것도 꼰대들이고, 이미 생물학적─사회학적 수명을 넘긴 주제에, 돈과 명예와 권력에 더욱더 집착을 하며 그 모든 추태들을 다 연출해낸다. '꼰대 문화'는 반인류학적이고 반역사적인 추태이며, 우리 늙은 이들이 일치단결하여 '인간 70, 인간수명제'를 채택하고, 이 세상에 대한 불평과 불만 없이 사라져가 주는 것이 진정한 인문학적 실천일 것이다.

'꼰대문화'의 대척점에 있는 말은 새롭고 도전적인 청년 문화일 것이며, 청년문화는 자기 자신의 자리와 위치와 눈앞의 이익을 초월하여 타인들의 의사와 타인들의 권리를 옹호해 주는 참된 문화일 것이다. 청년문화는 분명한 목표와 도덕적 선에 기초해 있으며, 자기 자신을 희생시키고 타인들의 이익과 공동체 사회와 국가의 이익을 위하는 그런 문화이지 않으면 안 된다. 옛것을 익히고 새것을 배우며, 그 옛날의 전통과 문화를 존중하며, 새로운 역사와 전통을 창출해낸다면 우리들의 청년문화는 무한한 꿈과 희망이 있게 될 것이다.

하지만, 그러나 청년문화가 단순한 '꼰대문화'에 대한 도전이며, 꼰대들의 구태의연한 사고방식이 아닌, 낡디 낡은 기득권과 늙은이들의 권력을 빼앗으려는 수단에 지나지 않는다면, 오늘날의 청년문화마저도 더욱더 낡디 낡은 꼰대문화에 지나지 않게 될 것이다. 혁명을 이룩하고도 혁명의 과업은 좀처럼 이루어지지 않는다는 말이 있듯이, 오늘날의 청년문화의 너무나도 엄청난 맹목성도 바로 이 지점에서 나타나고 있다고 해도 지나친 말이 아니다. 자본의 탐욕은 모든 차이를 다 지워버렸고, 남녀노소, 또는 동,서양의 인종과 문화적 차이도 없이 모두가 다같이 돈을 욕망하고 돈을 쫓아서 살아가고 있는 것이다. 아버지가 아들과 딸들에게 100억 씩, 200억 씩 상속을 한다면 아들과 딸들은 오히려, 거꾸로 '고맙고 감사하게' 생각하기는커녕, 왜, 내 몫이 그렇게 적으냐고 십중팔구는 소송전을 벌이게 될 것이다. 오늘날의 청년문화는 돈에 대한 탐욕의 문화이며, 우리 젊은이들의 돈에 대한 탐욕은 우리 정치인들과 우리 자본가들과 우리 늙은이들과 너무나도 분명하고 똑같이 닮아 있다.

꼰대문화, 꼰대문화—, 하지만, 그러나 우리 젊은이들이 '돈에 대한 탐욕'을 제거하지 못한다면, 우리 젊은이들은 꼰대보다도 더 꼰대다운 미래의 꼰대가 될 것이다.

오래 산다는 것, 역사의 무대에서 퇴장하지 않고 더욱더 추악하고 뻔뻔스럽게 수명을 연장하는 것보다 더욱더 반인륜적이고도 반자연적인 '꼰대문화'는 없을 것이다.

김군길 시인의 「꼰대」, 즉, 우리 늙은이들이 더욱더 줄어 들수록 더욱더 살기 좋은 세상이 될 것이다.

박 후 기

풍등시절

가슴에 불 하나 품고
풍등이 날아간다
날개 없는 자유 등에 지고
겨우 날아오르는
오십대는
흔들리는 풍등시절이다
아직 바닥은 아니라는
안도감이 돛이요
허공에 떠 있다는
자각은 닻이다
축제의 풍등처럼 우리는
함께 날아올라
각자 떨어진다
닿았다 싶으면
멀어지는 돈과 행복,

탄탈로스의 고통 속에서
생의 절반을 보낸 다음에야
비로소 가슴 속 꺼져가는
불씨를 되살리려 애쓴다
청춘의 협곡을 지나
절벽과 절벽 사이
잔교棧橋에 내려앉았을 때,
어쩌면 뛰어내리는 게
날아오르는 일인지도 모른다는
생각이 들었다
마음 출렁거릴 때마다
날아오르는 풍등보다
뛰어내리는 새가 되고 싶었다
발 디딜 수만 있다면
절벽 위 잔교면 어떤가
지금은 좇아갈 때가 아니라
기다려야 할 때라고,
해 저무는 난간 위에 앉아
나는 생각했다

풍등風瞪이란 중국에서 최초로 만든 의식과 축제의 놀이기구이자 최초의 열기구라고 할 수가 있다. 중국에서는 공명등孔明燈이라고 부르고, 대만에서는 천등天燈이라고 부른다. 풍등이란 종이풍선과도 같으며, 심지에 불을 붙여 하늘로 띄워보내는 놀이기구이며, 궁극적으로는 우리 인간들의 성공과 행복을 기원하고 있다고 할 수가 있다.

　박후기 시인의 「풍등시절」은 "탄탈로스의 고통 속에서/ 생의 절반을 보낸" 오십대의 노래이며, 이 세상에서 모든 꿈과 희망을 잃어버린 자의 자기 탄식의 노래라고 할 수가 있다. "가슴에 불 하나 품고" 날아보지만, "날개 없는 자유를 등에 지고/ 겨우 날아오르는/ 오십대는 흔들리는 풍등시절"에 지나지 않는다. '오십이지천명'이라는 공자의 말이 있듯이, 오십대는 천명을 알고 그것을 실천한 전 인류의 스승의 경지에 도달해 있을 나이이지만, 그러나 그는 "탄탈로스의 고통 속에서/ 생의 절반을 보낸" 자에 지나지 않는다. 탈탈로스는 신들이 무척이나 아끼고 사랑했던 그리스 신화 속의 인물이었지만, 그의 외아들인 펠로프스를 신들에게 삶아 먹이고, 그 결과, 천형의 형벌을 받은 신성모독자였던 것이다. 물이 있어도 마실 수가 없었고, 수많은 과일이 열려 있어도 따 먹을 수가 없었던 것이다.

나는 박후기 시인의 고통이 왜, 탄탈로스의 그것과 비교되는지 알 수가 없었지만, "청춘의 협곡을 지나/ 절벽과 절벽 사이/ 잔교棧橋에 내려앉았을 때"라는 시구를 통해서 그의 고통을 유추해 볼 수가 있었다. 박정희와 전두환과 노태우로 이어지던 군사독재시절과 김영삼과 김대중과 노무현과 이명박 등으로 이어지던 형식적인 민주주의 시절도 지옥 속의 그것과도 같았을 것이고, 그 천형의 형벌과도 같은 삶은 산업화 시대의 절대빈곤과 IT 산업시대의 풍요 속의 빈곤한 삶으로 이어졌던 것인지도 모른다. "절벽과 절벽 사이/ 잔교棧橋에 내려앉았을 때/ 어쩌면 뛰어내리는 게/ 날아오르는 일인지도 모른다는" 생각은 이 세상을 하직하고 싶다는 생각과 맞닿아 있고, "아직 바닥은 아니라는/ 안도감이 돛이" 되고, "허공에 떠 있다는/ 자각은 닻이" 되는 현재의 심정은 겨우 수명을 연장해 가는 행위에 지나지 않는다. 날이면 날마다 축제의 풍등처럼 성공과 행복을 위해 날아오르지만, 이 땅에 떨어지면 모두들 다같이 점점 더 "멀어지는 돈과 행복"—. 살고 싶어도 살 수가 없고, 죽고 싶어도 죽을 수가 없다. 이 절벽과 절벽 사이의 삶이 박후기 시인의 「풍등시절」이고, 그는 "마음이 출렁거릴 때마다/ 날아오르는 풍등보다/ 뛰어내리는 새가 되고 싶었"던 것이다.

시를 쓴다는 것은 양심을 가졌다는 것이고, 양심을 가졌다는 것은 언제, 어느 때나 근면함과 성실함을 토대로 하여 자기 자신의 꿈과 희망을 쫓아 '풍등'을 날려왔다는 것이다. 시를 쓴다는 것은 풍등을 날리는 것이고, 풍등을 날리는 것은 자기 자신의 꿈과 희망을 연주하는 것이다. 권력에 아첨하지 않으니 권력으로부터 미움을 받고, 돈을 쫓지 않으니 돈이 쌓일 리가 없고, 명예를 쫓지 않으니, 그의 제자들과 수많은 추종자들이 생길 리가 없다.

절벽과 절벽 사이의 잔교棧橋가 그 안식처이고 영원한 무덤인 박후기 시인의 「풍등시절」—. 박후기 시인의 「풍등시절」은 비참하기 때문에 아름답고, 아름답기 때문에 절벽과 절벽 사이의 '잔교 위의 삶'이 더욱더 그 빛을 발한다.

밤하늘의 풍등이 더욱더 아름답고 그 빛을 발하듯이—.

4부

나태주 최윤경 정선희 김재언

손택수 김선태 이청미 이대흠

허이서 박영화 김은정 권기선

이병일 김기택 강정이 윤성관

나 태 주
그리움

가지 말라는데 가고 싶은 길이 있다

만나지 말자면서 만나고 싶은 사람이 있다

하지 말라면 더욱 해보고 싶은 일이 있다

그것이 인생이고 그리움

바로 너다.

송혜교와 박보검 주연의 tvN의 인기드라마 「남자 친구」
에서 나태주 시인의 「그리움」이 몇 번이나 낭송되었고, 그
결과, 나태주 시인의 『꽃을 보듯 너를 본다』가 최고의 베스
트셀러가 되었다. "가지 말라는데 가고 싶은 길이 있다/ 만
나지 말자면서 만나고 싶은 사람이 있다/ 하지 말라면 더
욱 해보고 싶은 일이 있다// 그것이 인생이고 그리움/ 바
로 너다"라는 단 5행 짜리의 시가 출신성분과 나이 차이를
따지지 않고 이룩해낸 사랑으로 승화된 바가 있지만, 그러
나 나태주 시인의 「그리움」은 이처럼 멜로 드라마의 값싼
주제로 소비되고 그 유효성이 상실될 시가 아니다.

대부분의 고귀하고 위대한 문화적 영웅들은 그 고귀하
고 위대한 신분의 표지를 지니고 태어났는데, 왜냐하면 인
간의 사회에서는 버림을 받았지만, 신들의 사회에서는 무
한한 축복을 받았기 때문이다. 이 세상에 태어나자마자 나
일강가에 버려졌던 모세, 마구간에서 태어난 예수와 지중

해의 작은 섬 코르시카에서 태어났던 나폴레옹 황제, 양치기 소녀의 몸으로 프랑스를 구원했던 잔 다르크, 이 세상에 태어나자마자 고아가 되었던 장 자크 루소, 신성모독자의 신분으로 이역만리를 떠돌아 다니다가 비명횡사했던 데카르트 등이 바로 그것을 말해준다.

고귀하고 위대한 인물은 그 예언자적 지성과 통찰력으로 시대를 앞서간 자이며, 불가능을 가능케 한 선구자들이라고 할 수가 있다. 그들은 사회적인 통념과 모든 인식론적 장애물들과 맞서 싸우며, 그리움을 육화시키고, 그 그리움의 주체자가 되어갔던 것이다. 이스라엘 백성을 구원했던 모세와 사회적 하층민들을 구원했던 예수의 주제도 그리움이었고, 유럽연방을 구상했던 나폴레옹 황제와 프랑스를 구원했던 잔 다르크의 주제도 그리움이었다. 현대 민주주의의 근본 이념인 사회계약론을 창출해냈던 장 자크 루소와 중세의 암흑기에서 '사유하는 인간'을 창출해냈던 데카르트의 주제도 그리움이었고, 영어와 영국인의 영광을 창출해냈던 셰익스피어와 전 인류의 영광인 『파우스트』를 창출해냈던 괴테의 주제도 그리움이었다.

나태주 시인의 「그리움」은 모든 혁명의 근본 동력이자 우리 인간들의 삶을 지배하고 있는 근본 정서라고 할 수가 있다. 그리움의 역사 철학적인 의미는 매우 다양하고, 인간 정서의 총체로서 우주적인 크기와 맞닿아 있다고 할 수가 있다. 아주 작고 사소한 일과 만남에서부터 천지개벽과도 같은 최고급의 인식의 혁명까지, 그리고, 남녀 간의 사랑이나 최고급의 사랑과 이상적인 공화국까지, 그 모든 사랑과 사건과 만남의 근본 동력은 그리움이기 때문이다. 꿈은 그리움이 되고, 그리움은 꿈이 된다. 사랑은 그리움이 되고, 그리움은 사랑이 된다.

이 세상의 삶의 근본 정서는 그리움(사랑)이고, 그리움이 없으면 그 어떤 삶도 살아갈 수가 없다. 나태주 시인은 그리움의 시인이고, 그는 그리움을 인간화시켜, 그 그리움의 주체자로서 시를 쓰며 살아간다. 시인은 그리움으로 사유하고, 시인은 그리움이 있기 때문에 가고 싶은 길을 간다. 시인은 그리움이 있기 때문에 만나지 말라는 사람을 꼭 만나고, 시인은 그리움이 있기 때문에 하지 말라는 일을 반드시 하고 만다. 그리움은 불이고, 활화산이며, 언제, 어느 때나 최고급의 혁명의 불꽃으로 타오른다.

앎(지혜)은 그리움이 되고, 그리움은 모든 혁명의 원동력이다. 시인은 그리워하기 때문에 시를 쓰고, 이 시를 쓰는 힘으로 혁명을 꿈꾼다.

앎(지혜)은 시인에게 고문을 가하고, 이 고문 속에서 살아 남은 자만을 전 인류의 스승으로 만들어 준다.

시인은 인간 사회에서는 버림을 받지만 신들의 사회에서는 은총을 받는다.

최 윤 경

별

난 너의 마음 정수리에

가장 먼저 떠서

가장 늦게 지는

하나의 별이고 싶다

이 세상에서 가장 소중하고 중요한 것은 부모와 조국이며, 부모와 조국은 우리 인간들 모두가 다같이 어떤 상품처럼 선택할 수 있는 것이 아니다. 부모는 우리 인간들의 생명의 기원이고, 조국은 우리 인간들의 삶의 터전이자 존재의 근거라고 할 수가 있다. 부모가 없는 사람은 고아이고, 조국이 없는 사람은 떠돌이 ─ 나그네이며, 그들은 그들의 일생 내내 '뜬구름과도 같은 운명' 속에서 비명횡사를 하게 된다.

우리 정치인들은 국민과 국가를 위해 봉사를 하기 위해 나선 사람들이지, 소위 돈을 벌고 출세를 하기 위해 나선 사람들이 아니다. 오늘날의 북유럽의 선진국에서처럼 우리 정치인들이 '무보수 명예직'으로 봉사를 한다면, 정치검찰 100%, 부의 대물림 100%, 부정부패의 화신인 시민단체 100%, 표절학자와 뇌물공직자 100%, 다 소탕할 수가 있다고 해도 과언이 아니다. 곧바로 미군을 철수시키고 남북통일도 이룩해내고 세계제일의 일등국가로서 전 인류의 존경과 찬양을 받을 수도 있는 것이다. 우리 정치인과 우리 한국인들은 끊임없이 국민과 국가를 위해 철학을 공부하고, 또, 공부를 하며 소위 정치철학을 실천하지 않으면 안 된다.

이 세상에서 가장 훌륭한 부모와 이 세상에서 가장 훌륭한 조국을 가진 사람들이 사는 나라처럼 이상적인 천국은 없을 것이다. 나는 "너의 마음의 정수리에/ 가장 먼저 떠서/ 가장 늦게 지는" 별이 되고, 너는 "나의 마음의 정수리에/ 가장 먼저 떠서/ 가장 늦게 지는" 별이 된다. 너와 나는 '우리'로서 밤하늘의 수많은 별들이 되고, 우리는 모두가 다같이 서로 간의 사랑과 존경으로 이 세상의 꿈과도 같은 행복을 연주하게 된다.

이 세상에서 가장 아름다운 정치인의 별, 이 세상에서 가장 아름다운 학자의 별, 이 세상에서 가장 아름다운 부자의 별, 이 세상에서 가장 아름다운 학생의 별, 이 세상에서 가장 아름다운 군인의 별—, 요컨대, 우리 한국인들은 이 세상에서 가장 아름다운 별들과 별들로 밤하늘을 수놓으며, 이 세상에서 가장 훌륭한 국민이자 시민이 되어가야 할 역사적 사명과 의무가 있는 것이다.

최윤경 시인의 「별」처럼,

밤하늘의 수많은 별들처럼—!

정 선 희

개는 훌륭하다

그 개는 사나워 길들이기 쉽지 않았다

갑의 말은 듣지 않았으며 화가 나면 갑의 물건을 이빨로

물어뜯었다

조련사는 개의 눈을 똑바로 쳐다보았다

붉은 눈빛이 개의 눈동자를 관통했다 앉아!

바짝 목줄을 잡아당겼다

버틸수록 목줄이 목을 더 강하게 압박했다

조련사는 개의 눈을 응시했다

개는 조련사의 눈을 응시했다

나는 네가 나의 을이 될 때까지 목줄을 잡고 있을 거야

나는 너를 나의 갑으로 인정하지 않을 거야

>

이빨을 드러내자 조련사는 목줄을 잡아챘다
목줄이 숨통을 바짝 조이는 순간
이빨은 웃음이 되었다

아직 비겁한 본능이 피 속에 흐르고 있었으나 손을 내밀면
앞발을 내주었다 손짓에 따라 한 바퀴 굴러줬다 던져주는
간식을 맛있게 먹어줬다 하나 둘 관중들이 눈물을 흘리며
손뼉을 쳤다

안도의 한숨을 내쉬며 고개를 돌리는데 방구석에서 반
짝이는 게 있었다 잃어버린 귀걸이 한 짝을 보자 눈물이
주르르 흘렀다 슬픔 때문에 빛나는 것들이 있었다

채널을 돌렸다 오늘의 날씨는 대충 그렇고 그런 쪽으로
지구를 돌렸다

모든 생명체는 공격본능과 방어본능을 통하여 자기 자신의 동체성을 확보하며 자기 자신의 삶의 영역을 확보해 나간다. 공격본능은 외부의 적을 물리치고 자기 자신의 영역을 넓혀나갈 수 있는 힘을 말하고, 방어본능은 외부의 침입자와 맞서 싸우며 자기 자신의 영역을 지킬 수 있는 힘을 말한다. 이 공격본능과 방어본능이 잘 발달되어 있는 개체는 먹이사슬의 최상위층에 군림을 하게 되지만, 그렇지 못한 개체는 자기 자신의 영토와 그 모든 것을 다 빼앗기고 먹이사슬의 최하단계에서 가장 비참한 삶을 살게 된다.

늑대는 무리를 짓는 동물이며, 자연의 터전에서는 최상위층의 포식자에 속하지만, 그러나 이 늑대가 우리 인간들에게 길들여져 소위 가축이 된 것이다. 싸움개와 사냥개와 집 지키는 개는 공격성이 뛰어난 개가 그 역할을 담당하고, 소와 양을 몰거나 썰매를 끄는 개는 머리가 좋고 충성심이 강한 개들이 그 역할을 담당하며, 마지막으로 공격

성이 거의 없는 개들은 애완용으로 길들어져 주인의 손짓
과 표정에 따라 재롱을 떨다가 죽는다. 인간과 개의 관계
는 더 이상 떼려야 뗄 수 없는 아주 밀접한 관계이지만, 나
는 '반려동물'이라는 말만큼 가증스럽고 위선적인 말도 없
다고 생각한다. 아무튼 길들여진다는 것은 동물성을 박탈
당하고 자유를 빼앗겼다는 것을 뜻하고, 따지고 보면 사
는 것이 죽는 것보다도 못한 노예의 삶을 살고 있다는 것
을 뜻한다고 할 수가 있다. '반려동물'이라는 말에는 우리
인간들의 더없이 무서운 잔인성이 각인되어 있는데, 왜냐
하면 반려동물들은 우리 인간들에게 생식의 권리는 물론,
살아야 할 권리와 죽어야 할 권리마저도 다 빼앗겨 버렸기
때문이다.

　인간의 입장에서 개는 개다워야 하고, 따라서 너무 사납
거나 주인의 말을 듣지 않으면 조련사에게 맡겨지고, 조련
사는 수많은 전략과 전술을 구사하며 그 개들을 그야말로
충성심이 강한 개들로 길들이게 된다. 조련사는 그야말로
개들의 자유와 주체성을 빼앗는 기술자이며, 그의 손에는
늘, 항상, 당근(상)과 채찍(벌)이 들려 있다. 말을 듣지 않
으면 목줄을 잡아당겨 숨통을 조이고, 말을 잘 들으면 맛
있는 간식을 주거나 온몸을 쓰다듬어 준다. 조련사의 눈빛

은 무섭고 사나운 호랑이의 눈빛보다도 더 강하고, 이 조련사의 눈빛만을 보아도 대부분의 개들은 저항하기를 포기한다. "조련사는 개의 눈을 똑바로 쳐다보았다/ 붉은 눈빛이 개의 눈동자를 관통했다 앉아!"라는 시구가 그것이고, "이빨을 드러내자 조련사는 목줄을 잡아챘다/ 목줄이 숨통을 바짝 조이는 순간/ 이빨은 웃음이 되었다"라는 시구와 "아직 비겁한 본능이 피 속에 흐르고 있었나 손을 내밀면 앞발을 내주었다 손짓에 따라 한 바퀴 굴러줬다 던져주는 간식을 맛있게 먹어줬다"라는 시구가 그것이다.

부모가 없는 사람은 고아이고, 조국이 없는 사람은 떠돌이─나그네들일 뿐이다. 자기 자신이 태어난 산과 강과 호수를 잃어버리고, 그 모든 자유와 주체성을 잃어버린 개들의 삶은 어떠한 삶일까? 자기 자신의 조상과 부모의 얼굴도 모르고, 자기 짝을 찾을 성년의 나이가 되었어도 자기 짝을 찾을 수가 없다. 하늘도 원망스럽고, 살인마와 식인귀같은 인간의 눈빛만 보아도 무섭고, 개의 피와 땀과 숨소리마저도 인간의 채찍에 길들여져 있다. "안도의 한숨을 내쉬며 고개를 돌리는데 방구석에서 반짝이는 게 있었다 잃어버린 귀걸이 한 짝을 보자 눈물이 주르르 흘렀다 슬픔 때문에 빛나는 것들이 있었다." 대부분의 귀걸이는 사회적

신분의 표지이지만, 그러나 정선희 시인의 「개는 훌륭하다」에서의 귀걸이는 길들여짐의 표지가 되고, 자유와 주체성을 빼앗긴 가축의 장신구에 지나지 않는다.

귀걸이 한 짝, 길들여진 가축, 앉으나 서나, 죽으나 사나 노예신분의 표지—. 정선희 시인의 「개는 훌륭하다」의 개는 슬픔 때문에 빛나는 개이고, 그 슬픔 때문에 더욱더 훌륭한 개가 되었던 것이다. 원통하고 분하고, 그 어떤 악마보다도 더 악질적인 악마를 만나 모든 주체성과 자유를 다 빼앗긴 채 충성을 맹세하지만, 참된 충성의 길은 더욱더 멀고 험하기만 하다.

개는 개일 뿐, 토사구팽兎死狗烹의 길은 가깝고, 참된 자유의 길을 끝끝내 오지 않는다.

「개는 훌륭하다」, 너무나도 섬뜩한 반어이자 무서운 독설이라고 하지 않을 수가 없다.

하지만, 그러나 인간은 개가 없으면 살 수 없기 때문에, 그 어떠한 동물학대와 위선마저도 '동물사랑'으로 포장하며, 개로 하여금 개의 정체성을 영원히 찾지 못하도록 함정을 파두고 전면적으로 관리하고 통제할 것이다.

이 세계의 모든 개들은 다 가격이 매겨져 있고, 이 '개들의 사육시장'은 황금알을 낳는 최고의 시장이라고 할 수가 있다. 반려동물 —, 더 이상 웃기는 헛소리 좀 하지 마라! 모든 개들은 이익을 낳고, 또 이익을 낳는 자본주의 시장의 노예상품일 뿐이다.

자본주의 사회에서 개가 이익을 낳고, 또 이익을 낳는 상품이 아니라면 그 어떠한 개도 존재할 수가 없다.

김 재 언
배꼽시계

먹은 밥을 또 먹는다.

하얗게 쏟아지는 이팝꽃이다.

누구의 배를 채우든
먹으면,
불러올 것 같은 꽃이다. 꽃은 어떻게 이 많은 밥을 다 피
워냈을까?

허기를 움켜쥐고 비틀거리는 모습이 보인다.
저만치 부서지는 얼굴이다.
가까워질수록,

그들이 누군지 알 것 같다.

>

이팝이

넓고 넓은 들판을 피우고 있다.

먹은 밥을 또 먹는다

몸꽃을 다 먹어 버린 걸까? 푸던 밥을 또 푸며

밥이 걸어오는 소리를 듣고 있다.

어디서 누군가가 부르면,

그녀는 달려간다.

어디서 부르지 않아도

배를 숨긴 이팝이 달려간다.

16세기에는 전 세계의 인구가 5억 명 정도였을 것이고, 18세기에는 전 세계의 인구가 10억 명 정도였을 것이다. 20세기 초에는 20억 명 정도였을 것이고, 오늘날 이 21세기 초에는 약 80억 명 정도라고 할 수가 있을 것이다. 지난 20세기에서 불과 100여 년 만에 60억 명의 인구가 증가한 것은 과학혁명과 산업발전에 따른 식량의 생산과 그 곡물의 보관에 있었다고 해도 과언이 아니다. 식량이란 밥이고, 밥이란 에너지이며, 이 에너지를 확보하지 못하면 자동차나 공장이 멈추듯이, 우리 인간들의 생명도 끝장을 보게 된다.

모든 싸움은 영토 싸움이며, 이 영토 싸움은 김재언 시인의 「배꼽시계」에 따른 밥그릇 싸움이라고 할 수가 있다. 이 밥그릇 싸움을 두고 자본주의 진영과 공산주의 진영이 탄생하고, 이 밥그릇 싸움에 의해서 적과 동지가 생겨나고, 수많은 전략과 전술들이 펼쳐진다. 중국의 무역흑자는 미국의 무역적자로 이어지고, 벤츠 회사의 최고의 영업실적은 그 경쟁회사의 파산으로 이어진다. 대형선박회사의 파산은 노동자들의 대규모 실직으로 이어지고, 노동자들의 대규모 실직은 그들이 살고 있는 고장의 시장붕괴로 이어진다. 모든 싸움은 밥그릇 싸움이며, 이 밥그릇 싸움들은 그토록 처절하고 피비린내 나는 싸움으로 이어지지만, 그러나 참된 밥그릇 확보는 너무나도 어렵고 힘들기만 하다.

이팝나무는 물푸레나무과에 속하며, 키가 2~30미터나 자라고, 그 지름도 몇 아름이나 되는 큰나무라고 할 수가 있다. 꽃은 오월 중순에 그 파란잎이 보이지 않을 정도로 피고, 새하얀 꽃은 마치 흰 쌀밥을 수북이 담아 놓은 흰 사기 밥그릇을 연상시킨다. 이팝꽃이 필 때는 보리가 익기 전, 즉, 모든 양식이 다 떨어져 가는 '보릿고개'이며, 그 가난하고 힘든 시절에 우리 인간들의 밥에 대한 욕망, 즉, '이밥'이 '이팝'으로 변모된 것이라고 한다. "먹은 밥을 또 먹는다// 하얗게 쏟아지는 이팝꽃이다// 누구의 배를 채우든// 먹으면// 불러올 것 같은 꽃이다"라는 시구에서처럼, 이팝꽃의 역사에는 우리 한국인들의 굶주림과 허기가 담겨 있고, 그 무엇보다도 흰 쌀밥에 대한 선망의 눈길이 각인되어 있다.

가난한 사람들의 질병은 허기이고, 부자들의 질병은 권태이다. 허기란 배고픔이고, 권태란 먹고 살 걱정이 없는 자들의 피곤하고 지친 삶을 말한다. 허기는 거짓과 사기와 생사를 넘어선 투쟁으로 이어지고, 권태는 스포츠와 여행과 사냥과 음주가무로 이어진다. 허기는 권태를 모르고, 권태는 허기를 모른다. 배고픈 사람은 오직 밥 먹는 것밖에는 생각을 하지 않으며, '먹은 밥'을 먹고, 또, 먹으려고 한다. 사흘을 굶으면 쓰레기통을 뒤지고, 열흘을 굶으면 이웃집 담장을 넘거나 은행강도가 될 수도 있다. 신(god)은 개(dog)가 되고, 악마는 천사가 된다. 부자는 악마가 되고, 친구는 적이 된다. 사랑은 불륜이 되고, 이제까지의 도덕의 역사는 패륜의 역사가 된다. 가난은, 허기는 생존의 벼랑 끝의 투쟁이며, 그 모든 도덕의 역사를 뒤엎어버리는 민중의 반란이나 혁명의 도화선이라고 할 수가 있다.

이팝꽃은 어떻게 이 많은 밥을 다 피워냈을까? 허기를 움켜쥐고 비틀거리는 모습이 보이고, 가까워질수록 그들이 누구인지도 알 것 같다. "이팝이/ 넓고 넓은 들판을 피우고 있다// 먹은 밥을 또 먹는다." 어디서 누군가가 부르면 그녀는 달려가고, 어디서 그녀를 부르지 않아도 배를 숨긴 이팝이 달려간다.

김재언 시인의 「배꼽시계」는 밥 먹을 시간을 알려주지만, 이 먹이 확보의 길은 타워크레인에서의 고공농성처럼, 참으로 멀고 험난하기만 하다. 이팝은 환영이고 헛꽃이고, 김재언 시인의 「배꼽시계」가 피워낸 '몸꽃'이다. 김재언 시인의 「배꼽시계」는 '이팝꽃'을 통해서 허기의 역사를 노래한 시이며, 그 배고픔을 온몸으로, 온몸으로 피워낸 '몸꽃'이라고 할 수가 있다.

　　밥의 혀, 밥의 눈, 밥의 코, 밥의 입, 밥의 배꼽, 밥의 성기, 밥의 다리—.

　　우리들의 「배꼽시계」는 밥을 먹고, 또 먹으며, 오직, 밥만을 생각하고, 또 생각하며, 밥의 길을 따라 움직인다.

　　밥의 길은 지겹지도 않고, 지루하지도 않으며, 먹고, 또, 먹어도, 그토록 맛있고, 살맛 나는 길로 이어진다.

손 택 수

동백에 들다

꽃잎과 꽃잎이 포개져서 꽉 끌어안은 채 벌어지고 있다
한 치의 틈도 없이, 빠듯이, 살을 부비면서 폭발하고 있다
냉방에서 끓는 물처럼 입김을 뿜어올리며 사랑을 나누는
연인들,

이대로 절명한들 어떠리
콱, 숨이 틀어막힌 동백이 터진다

동백나무는 차나무과 동백나무속 상록교목이며, 겨울에 꽃을 피워 동백冬柏이라는 이름을 갖게 되었다. 한국과 일본과 중국 등, 동북아시아에 자생하며, 꽃은 붉은색이 대부분이지만, 흰색이나 분홍색으로 피는 동백나무도 있다. 동백은 11월 말부터 꽃을 피워 2−3월에 만발하는 편이며, 이 시기에는 날씨가 추워 새들을 통해서 수정이 이루어지기 때문에 조매화鳥媒花라고 하며, 동박새가 동백의 꿀을 가장 좋아하고, 때때로는 직박구리가 날아와 꿀을 빨아먹는다고 한다.

동백은 꽃이 크고 아름다워 동북아시아 문화권에서는 오랫동안 사랑을 받아왔으며, 붉은동백나무와 흰동백나무, 그리고 애기동백나무 등이 있다고 한다. 붉은동백, 흰동백, 줄무늬동백 등, 그 품종도 다양하고 추운 겨울날 하얀 눈 속의 그 꽃들이 너무나도 아름다워 수많은 연인들의 '사랑이야기'로 승화되기도 한다. 꽃말은 누구보다도 그대를 향한 '애타는 사랑'이며, 꽃잎이 하나하나 떨어져 흩어지는 다른 꽃들과는 다르게 동백꽃 송이가 뚝뚝 떨어져 그 거룩함과 순결함이 많은 사람들의 심금을 울리게 한다.

손택수 시인의 「동백에 들다」는 최고급의 사랑노래이면서도 '순수미의 극치'라고 할 수가 있다. "꽃잎과 꽃잎이 포개져서 꽉 끌어안은 채 벌어지고 있다 한 치의 틈도 없이, 빠듯이, 살을 부비면서 폭발하고 있다 냉방에서 끓는 물처럼 입김을 뿜어올리며 사랑을 나누는 연인들"이 그것이고, "이대로 절명한들 어떠리/ 콱, 숨이 틀어막힌 동백이 터진다"가 그것이다. 이 세상의 모든 물질이 에너지이듯이, 우리 인간들의 사랑도 에너지이다. 사랑은 꽃잎과 꽃잎이 포개져 꽉 끌어안은 채 벌어지게 하고, 사랑은 한 치의 빈틈도 없이 살을 부비면서 폭발한다. 모든 사랑은 냉방에서 끓는 물처럼 입김을 뿜어올리며, 춥디 추운 한겨울 속에서 여기저기 붉디붉은 동백꽃들이 폭발을 하게 한다.

사랑은 종족의 명령이고, 모든 시는 종족의 노래이다. 산이 불타고, 들이 불탄다. 새가 불타고, 짐승이 불탄다. 동백이 불타고, 남녀 간의 사랑이 불탄다. 산다는 것은 사랑을 한다는 것이고, 사랑을 한다는 것은 동백꽃을 피우며, 동백꽃처럼 송두리째 뚝뚝 떨어진다는 것이다.

삶과 죽음이 하나가 되고, 이 황홀함 속에서 모든 생명체들이 죽어간다. 모천회귀의 연어처럼, 수많은 하루살이들처럼, 좀 더 오래 살거나 하루를 살다 가거나 따지고 보면 아무런 차이도 없다. 비장미란 슬픈 감정과 함께 일어나는 아름다움을 말하고, 장엄함이란 너무나도 경건하고 거룩한 것을 말한다.

"이대로 절명한들 어떠리/ 콱, 숨이 틀어막힌 동백이 터진다."

황홀함이 황홀함을 낳고, 황홀함이 황홀함을 꽃 피우며, 모든 사상의 신전을 불 밝힌다.

시는 사상의 꽃이다. 김소월의 꽃, 윤동주의 꽃, 김수영의 꽃, 한용운의 꽃, 호머의 꽃, 랭보의 꽃, 고전주의의 꽃, 낭만주의의 꽃, 자본주의의 꽃, 공산주의의 꽃, 낙천주의의 꽃들이 붉디붉은 꽃들을 피우며, 송두리째 뚝뚝 떨어진다.

삶이란 비장하고 장엄한 것이다. 이 비장하고 장엄한 삶이 '순수미의 극치'를 이룬다.

김 선 태

심心

마음 심心 자에는 낚싯바늘이 하나 있다

잘만 하면 세상을 낚을 수 있지만

잘못하면 심장이 꿰일 수 있다

김선태 시인의 「심心」은 이론철학과 실천철학이 결합된 시이며, 우리 인간들이 자기 자신의 행복을 어떻게 연주하느냐에 따라서 그의 운명이 결정된다는 사실을 암시해 주고 있다고 할 수가 있다. '낚는다'는 동사는 물고기를 잡는 것을 말하지만, 그의 「심心」은 이 세상의 행복을 낚는 것을 뜻한다. 이 세상의 행복을 낚는다는 것은 그의 삶의 방법이고, "잘만 하면 세상을 낚을 수 있지만"은 입신출세의 성공에, "잘못하면 심장이 꿰일 수 있다"는 만인들의 지탄을 받는 실패(범죄)에 맞닿아 있다고 할 수가 있다.

산다는 것은 마음의 낚시를 한다는 것이며, 최고급의 대물, 즉, 나와 우리 모두의 행복을 낚기 위해서는 모든 사심을 버리고 '정의의 진실'을 낚아야 한다는 것, 이것이 '마음 심의 낚시철학자' 김선태 시인의 금과옥조라고 할 수가 있다.

돈, 후손, 정의 중, 최고의 유산은 정의, 즉, 도덕철학(실천철학)이라고 할 수가 있다. 전 인류의 스승은 지적 자산

을 가장 많이 가진 부자이며, 이 세상에서 가장 무거운 짐
을 짊어지고 우리 인간들을 이 세상의 삶의 진창으로부터
구원해냈던 것이다.

이 청 미

모성에 기대다

새들보다 먼저 일어난 새벽이다

아침 해를 기다리는 서쪽 달빛이 아직은 밝은데

찬바람 마주하며 기다리는 바다를 향해 쌩쌩 달려본다

어제 저녁 티브이로 푸른바다거북이 산란을 봤다

소금기 절인 눈물을 주루룩 흘리며 150여 개의 알을 낳는

산통의 신음 소리가 귀에 쟁쟁하다

밤에만 알을 낳는다는 어미 거북이들

바위틈에서 어둠오기를 기다리다 밤이 되면

모래밭으로 향한다

육십 센티를 파헤쳐 알을 낳고 모래를 덮고

또 낳고 덮는 어미의 모정,

드디어 모래밭에서 아기거북이들 아장아장 기어 나온다

생존의 바다 소리를 알까

먼동이 트는 곳을 알까

모성의 기억에 기댄 아기거북이들이 바다를 향해 달린다

우리 인간들은 아버지에게서는 이성과 의지를 배우고, 어머니에게서는 감성과 인내를 배운다. 아버지는 그의 이성으로 모든 사건과 현상들을 탐구하고, 어머니는 그의 감성으로 모든 사건과 현상들을 받아들인다. 아버지는 새로운 세계를 개척하며 그 주인이 되려고 하고, 어머니는 그 어떤 고통이나 슬픔마저도 다 받아들이며 어머니의 길을 가려고 한다.

　　우리 인간들은 포유동물이고, 따라서 어머니는 모든 존재의 기원이자 그 삶의 터전이라고 할 수가 있다. 대부분의 포유동물은 부성애가 없는데, 왜냐하면 아버지는 씨를 뿌리고 떠나가면 그뿐이기 때문이다. 어머니가 혼자서 아이를 낳고 젖을 먹여 기르고, 그 아이가 스스로 먹이사냥을 하고 자립할 수 있을 때까지 모든 열과 성을 다하여 그 아이를 가르치게 된다. 하지만, 그러나, 우리 인간들은 부성애가 지극히 강하여 아버지가 외부의 적을 물리치고 자기 자신의 가정을 위하여 경제활동을 하게 되고, 어머니는 아이를 낳고 기르며, 가정의 살림을 맡아하게 된다.

이청미 시인의 「모성에 기대다」는 모든 존재는 어머니에 의해 태어나고, 어머니의 바다에서 살다가 어머니의 강(대지)으로 되돌아와 죽는다는 '삶의 철학'을 노래한 시라고 할 수가 있다. 이 세상에서 가장 고귀하고 위대한 것은 종족의 명령이지만, 그러나 이 종족의 명령은 너무나도 감쪽같이 개인주의의 탈을 쓰고 수행을 하게 된다. 사랑하는 남녀가 결혼을 하고 아이를 낳고 기르는 것을 모두들 다같이 개인의 행복으로 생각하지, 종족의 명령이라고 생각하지 않는다.

어머니는 종족의 수호신이자 종족의 명령의 가장 충실한 수행자라고 할 수가 있다. 푸른바다거북이의 너무나도 고통스럽고 처절한 산란과정이 바로 그것을 증명해준다. 푸른바다거북이의 산란과정은 모천으로 되돌아와 산란을 하고 죽는 연어의 모습과도 같지만, 그러나 푸른바다거북이는 연어와는 수명이 다르기 때문에 그 산란과정을 몇 번이고 되풀이 하지 않으면 안 된다.

"소금기 절인 눈물을 주루룩 흘리며 150여 개의 알을 낳는" 푸른바다거북이, 이 푸른바다거북이들은 어둠이 오기를 기다려 밤에만 알을 낳는데, 그것은 수많은 천적들로부터 그의 자손들을 보호해야 하기 때문이다. "바위틈에서 어둠 오기를 기다리다 밤이 되면/ 모래밭으로 향한다." "육십 센티를 파헤쳐" 150여 개의 알을 모래로 덮고, 그리고, 그가 왔던 바다로 되돌아간다. 푸른바다거북이의 산란 과정은 천형의 형벌과도 같지만, 이 천형의 형벌과도 같은 고통이 있기 때문에, "모래밭에서 아기거북이들 아장아장 기어" 나와 바다를 향해 가게 된다. 고통은 기쁨으로 승화되고, 천형의 형벌은 어머니의 영광으로 더욱더 아름답게 승화된다.

모성은 탯줄이고 젖줄이며, 모성은 건강이고 부귀영화이며, 그 모든 것의 원천이다. 모성에 기대는 시간이 가장 거룩하고 순수해지는 시간이며, 어느 누구도 모성에 기대지 않고는 이 세상을 살아갈 수가 없다. 어제 저녁 티브이를 통해 푸른바다거북이의 산란과정을 지켜본 후, 새들보다도 먼저 일어난 새벽에 바다를 향해 달려가는 이청미 시인의 「모성에 기대다」는 진정으로 고귀하고 거룩한 '어머니의 시간'이라고 할 수가 있다.

어머니의 말씀으로 아침해가 떠오르고, 어머니의 말씀으로 푸른 바다의 물결이 밀려온다. 어머니의 말씀으로 푸른바다거북이가 푸른 바다로 되돌아가고, 어머니의 천형의 형벌을 이 세상의 가장 아름답고 행복한 삶으로 승화시키며, 이청미 시인이 그 역사를 이어나간다.

모든 어머니는 성모이고, 전 인류의 행복을 주재한다.

이 대 흠
천관산 억새

시월이 되면

시월이 되면

천관산 억새는 날개를 편다

너무 아름다운 날개를 가진 죄로

억새는

억새는

지상에서 발을 떼지 못하는

벌을 받았다

천관산天冠山은 전라남도 장흥군 관산읍과 대덕읍 경계에 있는 높이 723m의 산이며, 1998년 10월 13일 전라남도 도립공원으로 지정되었다. 예로부터 내장산, 월출산, 변산, 두륜산 등과 함께 호남의 5대 명산으로 불려왔으며, 그 모습이 천자의 면류관 같다고 하여 천관산이라고 부르게 되었다고 한다. 천관산 정상에서는 남쪽의 다도해, 영암의 월출산, 장흥의 제암산, 광주의 무등산이 한눈에 들어오고, 정상부근의 5만여 평의 억새 밭에서 해마다 '천관산 억새제'가 열린다고 한다.

"시월이 되면/ 시월이 되면// 천관산 억새는 날개를 편다// 너무 아름다운 날개를 가진 죄로/ 억새는/ 억새는// 지상에서 발을 떼지 못하는/ 벌을 받았다."

모든 명시는 그 사유가 새롭고, 이 새로운 사유가 가장 아름답고 힘찬 날개를 펼친다. 시월은 첫서리와 된서리의 계절이고, 모든 사물들의 죽음의 계절을 뜻한다. "시월이 되면/ 시월이 되면" 비극의 주인공처럼 "천관산 억새는 날개를" 펴지만, 너무나도 "아름다운 날개를 가진 죄"로 그러나 결코 머나먼 천국으로 날아가지 못한다. 아름다움은 모든 가치를 전복시킨 죄가 되고, "지상에서 발을 떼지 못하는/ 벌"은 천관산 억새의 운명처럼 그 주체자들의 죽음으로 이어진다. 소위 천재의 운명은 그 고귀하고 거룩함에 반하여, 너무나도 아름답고 슬픈 비극으로 끝난다.

　사회적 지위보다 실력이 뛰어나면 야인野人이 되고, 사회적 지위보다 실력이 미천하면 사인史人이 된다. 천재는 야인이 되고, 이 세상의 어중이떠중이와도 같은 소인배들이 소위 입신출세를 하게 된다. 단군은 조선을 건국하고 홍익인간을 창출해냈지만, 그러나 우리 한국인들은 단군의 사상과 건국이념을 이해하지 못했다. 세종대왕은 한자 문화에 맞서서 인류의 역사상 가장 고귀하고 아름다운 한글을 창출해냈지만, 아직도 우리 한국인들은 이 한글의 고귀함과 아름다움을 이해하지 못한 채, 영어의 홍수 속에서 헤어나오지를 못하고 있다. 강대국의 식민지 쟁탈전 끝에 남북이 분단된 지 80년이 되었지만, 아직도 우리 한국인들은 김대중 대통령의 '햇볕정책'과 '노벨평화상'의 수상의 의미를 조금도 이해하지 못하고 있다.

나는 한국인 최초로 '행복론', 즉, 나의 '낙천주의 사상'을 창출해냈지만, 우리 한국인들은 어느 누구도 나의 '행복론'을 제대로 이해하고 평가할 줄을 모른다. 우리 한국인들은 사상가와 예술가의 민족이 되기는커녕, 이민족의 말과 명령에 복종하는 판단력의 어릿광대가 되었다. 요컨대 이 세상에서 가장 아름다운 한국어로 사유할 줄을 모르고, 전 인류의 존경을 받는 유태인처럼 우리 한국인들의 영광을 창출해낼 줄을 모르고 있는 것이다. 오천년의 역사를 자랑하며, 단일민족에 의한 단일 민족국가로 살아왔다는 사실조차도 망각하고, 소위 미군이 남북통일을 이룩해주고, 일등국가와 일등국민으로 만들어 줄 것으로 믿어 의심하지 않는다. 단군, 세종대왕, 김대중 대통령, 반경환은 우리 한국인들에 의해 그 날개가 꺾이고, 너무나도 고귀하고 아름다운 날개를 가진 죄로 이 날개마저도 멸시와 조롱의 대상이 되고 만 것이다.

인류의 역사상 가장 고귀하고 위대한 대제국을 건설한 나라는 미국이었고, 오늘날의 미제국주의는 그 무엇보다도 '교육의 승리'라고 할 수가 있다. 첫 번째는 사상과 이론을 통해 지적 자산을 축적한 것이고, 두 번째는 무역을 통한 경제적 자산을 축적한 것이고, 마지막으로 세 번째는 이 세계를 정복하고 지배할 수 있는 군사적 자산을 축적한 것이다. 지적 자산, 경제적 자산, 군사적 자산은 미제국주의의 삼대 축이며, 오늘날은 어느 국가도 미제국주의에 정면으로 도전하고 대들지를 못한다.

우리 한국인들이 미군을 철수시키고 남북통일을 이룩해내려면 미제국주의를 제대로 이해하고, 전 인류는 물론, 하늘도 감동시킬 아름다운 문화적 선진국가를 연출해내지 않으면 안 된다. 한국정신과 한국문화로 가장 아름답고 가장 화려한 날개를 달고, 이대흠 시인의 「천관산 억새」처럼 날아오르지 않으면 안 된다.

이대흠 시인의 창조적 정신은 천관산 억새들에게 날개를 달아주고, 가장 아름답고 화려한 비상의 모습을 창출해낸 것이다. 「천관산 억새」는 새가 아니지만 새가 되고, 천관산 억새는 너무나도 아름다운 날개를 지닌 죄로 날아 오르지 못하지만, 천하제일의 '명시의 힘'으로 날아 오른다.

'명시의 힘'은 사유(지혜)의 힘이고, 이 '사유의 힘'은 그 어떤 새보다 더 크나큰 날개로 넓고 넓은 하늘을 자유 자재롭게 날아 다닌다.

　　중세의 신학자 스피노자에서 시작되어 근대에 들어와
서는 경제학자 리카르도, 다시 마르크스, 프로이트, 아인
시타인, 그리고 헨리 키신저 전 국무장관에 이르기까지 이
들 유태인들은 매일 10분 내지 15분쯤의 시간을 할애하여
『탈무드』를 공부해왔다. 『탈무드』는 유태인의 혼이며 두뇌
이다. 여기서부터 그들의 통찰력과 인생의 규칙, 그리고
새로운 의문을 찾아냈다. 그랬기에 그들은 성공했다.

　　헨리 키신저는 탈무드적인 인간이었다. 마르크스, 프
로이트, 아인시타인도 그렇다. 다가오는 21세기에도 탈무
드적인 인간은 성공할 것이다. 물론 유태인은 구약성서의
무리이다. 그래서 성서가 유태인의 문화의 기초를 만들었
다고 한다면『탈무드』는 중앙에 세운 굵은 기둥이었다.

　　『탈무드』는 유태문화에 있어서 아주 중요한 책으로 유
태인의 창조력의 중심을 이루고 있다. 『탈무드』라는 책이
존재하는 한 유태인은 멸망하지 않고 꾸준히 발전을 계속
할 것이다. 유태인은 탈무드적 사고방식 속에서 자라왔
다. 그 발상의 비결은 어디에 있는가? 탈무드는 커다란 숲
이라고 할 수가 있다. 그 숲에는 수많은 나무들이 있고, 수

많은 생물들이 살고 있다. 『탈무드』는 율법, 문답, 경고, 우화, 논쟁, 공상, 웃음 등, 여러 가지 요소가 얽혀 있다. 『탈무드』는 유태인의 성과를 집대성한 역사서이며, 또한 기록서라고 할 수가 있다. 5천 년이라는 세월에 걸쳐 삶을 이어주고 이어받은 수십만 명이라는 현인들이 열심히 전개한 논쟁이 여기에 기록되어 있다. 마치 역사상 존재해온 수만, 수십만에 이르는 학문소學問所의 목소리가 스며 있는 것 같다.

유태인들의 커다란 특징은 과거를 과거로서 묻지 않고, 과거는 현재와 같이 언제나 생동하는 존재의 시제인 것이다.

— 마빈 토케어, 『탈무드』에서

앎이 육화되어 있고, 너무나도 분명한 목표와 그 실천방법이 있는 국가의 국민들은 다양한 논쟁과 상호 토론을 하되, 결코 서로가 눈앞의 이익과 사리사욕을 채우기 위하여 싸울 수가 없다. 일등국가, 일등국민, 전 인류의 스승을 목표로 한다면, 그들은 너무나도 열심히 공부하고, 자기 스스로 자기 자신이 맡은 역할과 사명을 위하여 단 하나뿐인 목숨을 걸고 최선의 노력을 다 할 것이다.

허 이 서
말무덤

같이 달리던 말이 눈을 흐리게 한 것일까

길을 지날 때
말무덤이라는 글자를 보고
어느 눈 맑은 말이 묻혔을 것이라
어름어름 더듬으며 지나쳤는데,

되돌아 오는 길
안내판 '말무덤' 글자 아래 작은 글씨
언총,
입에서 태어난 말들을 묻었다니
갑자기 말문이 막힌다
말이 죽었으니
지금도 살아서 떠돌아 다니는 경구나 소음이 많은 걸까
독한 몸은 끝까지 살아 남아서

사람의 입에서 입으로 옮겨 다닌다

이 커다란 봉분 안에 묻혀 말들은
자신의 힘을 스스로 빼고 있었던 걸까
함께 달려온 말들을 무덤에 내어주고
흘리면 채워내는 고요한 시간
이제까지 달려온 나와 말들이
눈과 귀만 흐려졌다는 듯
바위 앞을 지나며 고요한 비명을 새긴다

말의 무덤에서 살아있는 말을 들었다

이 세상에서 가장 소중한 것이 말[言]인 것처럼, 이 세상에 말보다 더 큰 힘을 지닌 것은 없다. 일년 삼백육십오일도 말이름표로 살고 있고, 수많은 나무와 풀들도 말이름표로 살고 있다. 수많은 새들과 동물들도 말이름표로 살고 있고, 밤하늘의 별들도 말이름표로 살아 움직인다. 말은 공기이고 생명이며, 말은 물이고 불이며, 그 모든 것이다. 말은 모든 사물들의 존재의 근거이며, 말이름표가 없는 존재는 존재하지 않는 것과도 같다.

'아는 것이 힘이다'라고 할 때의 이 '힘의 원동력'도 말이고, '이 세상의 근본물질이 원자이다'라고 할 때의 '원자' 역시도 말이다. 말의 사상은 수많은 찬양과 숭배의 대상이 되고, 말의 진리는 생사를 넘어선 투쟁의 대상이 된다. 말의 정치, 말의 경제, 말의 법률, 말의 도덕, 말의 문화 등, 이 세계는 말의 조직체로 구성되어 있으며, 우리 인간들은 말의 조직 속에서 말의 명령을 주고 받으며, 말의 명령에 따라서 그 말의 크기만큼 먹고 살다가 죽는다. 강한 사람은 말의 힘을 지닌 사람이고, 강한 사람은 말의 힘으로 모든 적들을 물리친 사람이다. 강한 사람은 말을 통해서 부를 쌓은 사람이고, 강한 사람은 말을 통해서 자기 자신의 존재를 높이 높이 끌어올린 사람이다. 인간의 역사는 말의 역사이며, 최종 심급은 언제, 어느 때나 말이라고 할 수가 있다.

허이서 시인의 「말무덤」은 말과 말馬의 유사성을 통해서 말과 말馬의 차이를 깨닫고, 말ㅌ의 삶과 말의 죽음, 또는 말의 죽음과 말의 태어남을 노래한 시라고 할 수가 있다. 허이서 시인은 '말무덤'을 '말馬무덤'으로 이해하고 "어느 눈 맑은 말이 묻혔을 것이라/ 어름어름 더듬으며 지나쳤"지만, 그러나 "되돌아 오는 길"에 '말馬무덤'이 아닌, '언총ㅌ塜'이라는 사실을 깨닫고, 그 놀라움과 충격을 감추지 못한다. 무덤이란 대부분이 인간(동물)을 묻은 곳을 뜻하지만, 그러나 그 생명체가 없는 말을 묻었다는 것은 너무나도 뜻밖의 일이 되고, '말무덤'의 역사 철학적인 의미를 따져보지 않을 수가 없게 된다.

경북 예천에는 '말馬무덤'이 아닌 '언총ㅌ塜', 즉, '말무덤'이 있다고 한다. 옛날, 옛날, 그 옛날에, 경북 예천군 대죽리에서는 각성바지들이 모여살던 마을이 있었고, 사소한 말 한 마디가 화근이 되어 그 문중들 간의 싸움이 그칠 날이 없었다고 한다. 그러던 중 그 마을을 지나가던 나그네로부터 "좌청룡은 개의 아래턱 모습이고, 우백호는 길게 뻗은 개의 위턱의 모습"이어서 말무덤을 만들어 모든 불평과 불만으로 인한 '나쁜 말'들을 묻으면 곧 마을의 평화가 이루어질 것이라는 말을 들었다고 한다. 따라서 마을 사람들은 개의 송곳니쯤 되는 마을 입구에 바위 세 개를 세웠고, 개의 앞니쯤 되는 마을 입구에는 바위 두 개, 즉, 개가 짖지 못하도록 재갈 바위를 세웠다고 한다. 그리고 각성바지 마을 사람들의 싸움의 발단이 된 모든 불평과 불만의 말들, 즉 나쁜 말들을 사발에 담아 '주둥개산'에 묻어 말무덤(언총言塚)을 만들게 되었던 것이다.

말과 말의 장소는 투쟁의 장소이다. 수많은 크고 작은 싸움들과 전쟁들은 이 말씀에서 비롯되었다고 해도 과언이 아니다. '말 한 마디로 천냥 빚을 갚는다'는 말이 사랑과 평화와 행복, 즉, 말의 긍정적 기능에 맞닿아 있다면, '세치 혀로 사람을 죽인다'는 말은 혐오와 투쟁과 불행, 즉, 말의 부정적 기능에 맞닿아 있다고 할 수가 있다. 따라서, 예천의 말무덤 마을의 사람들은 진실하지 않은 말, 서로 믿

고 신뢰할 수 없는 말, 즉, 모든 험담과 비난과 막말들을 파묻고 장례를 치룬 결과, 거짓말처럼 평온해져 오늘날의 살기 좋은 마을이 되었다고 한다.(『출처』 말무덤 언총言塚 우리나라 특이한 무덤 | 작성자 묘지파트너) "입에서 태어난 말들을 묻었다니/ 갑자기 말문이 막"히고, 모든 험담과 비방과 막말들이 죽었으니, 지금까지 "떠돌아 다니는 경구나" 그 나쁜 말들은 소음에 지나지 않는 것인지도 모른다.

발 없는 말이 천리를 가고, 낮말은 새가 듣고 밤말은 쥐가 듣는다. 입은 비뚤어졌어도 말은 바로 해야 하고, 길이 아니면 가지를 말아야 한다. 말 한 마디로 하늘을 감동시킬 수도 있고, 말 한 마디로 지구촌을 폭발시킬 수도 있다. 독한 말은 끝까지 살아 남아서 사람의 입과 입으로 옮겨다니지만, "이 커다란 봉분 안에 묻혀 말들은" 자기들 스스로 힘을 빼고 있었던 것인지도 모른다. 나와 함께 달려왔던 말들을 무덤에 내어주고 "흘리면 채워내는 고요한 시간"에 "이제까지 달려온 나와 말들이/ 눈과 귀만 흐려졌다는 듯/ 바위 앞을 지나며 고요한 비명을 새긴다."

인간의 역사는 말의 역사이고, 말이 말馬이 되어, 말言을 태우고 달려온 역사이다. 허이서 시인이 "말의 무덤에서 살아 있는 말을 들었다"는 것은 우리 인간들 스스로가 '말무덤'을 만들고, 말무덤 앞에서 무릎을 꿇고 절을 해야 한다는 것과도 같다.

신문고申聞鼓: 한국 민주주의의 상징인 국회의사당 앞에 '말무덤'을 만들고, 일 년에 세 명씩 막말 정치인들을 '제물'로 바치는 희생의식을 거행하면 모든 사색당쟁이 대청소되고 일등국가―일등국민의 나라가 될 것이다.

박 영 화

오필리아를 위한 파반느

비는 처서를 적시고

처서는 바람을 물고 오고

급히 떠나느라 흘리고 간

저기 연못 속

꽃잎은 안녕처럼 피어나고

꽃의 헛바닥은 달콤해

이별은 짧고

흔들리는 오후 네 시

진홍빛 감잎 한 장

지키지 못할 약속에 화르르 마음 내려놓는다

꽃에 누워, 홀로 누워

어느 인연의 길 붉게 물들인다

배롱꽃 유서인 양 몸을 날린다

남녀가 눈을 맞출 때 이 세계의 꽃이 피고, 남녀가 사랑을 나눌 때 이 세상에서 가장 소중한 아이가 태어난다. 아이 - 시민 - 인간, 이것은 종족의 걸작품이고, 그 어떤 예술가도 이 종족의 걸작품을 능가할 수는 없다. 우리 인간들은 모두가 다같이 가정에는 아이를, 사회에는 시민을, 인류에게는 인간을 바칠 것을 약속하고 태어났는데, 왜냐하면 그것은 종족의 명령이기 때문이다. 사랑은 자기 자신의 몸과 마음을 다 바치는 창조행위이며, 이 세상에서 이 창조행위보다 더 고귀하고 위대한 것은 없다.

　　남녀가 눈을 맞추고 사랑을 나눌 때, 그것은 너와 내가 한몸이 되고, 너와 함께 생사의 운명을 함께 하겠다는 약속인 것이다. 모든 정치, 경제, 문화, 예술, 학문 등은 이 '사랑의 드라마'의 변주곡에 지나지 않으며, 따라서 우리 인간들은 영원한 사랑의 드라마의 주연배우이자 그 관객이라고 할 수가 있다. 이 순수한 사랑, 이 티없이 맑고 아름다운 사랑이 그러나 운명의 여신의 장난처럼 이루어지지 않을 수도 있으며, 모든 비극적인 사건들이 그것을 말해준다.

오필리아는 덴마크 귀족인 플로니어스의 딸이자 햄릿 왕자의 약혼녀였지만, 그러나 햄릿의 아버지가 그의 동생인 클로디어스에게 독살을 당한 이후, 감히 이 세상의 말로는 다 표현할 수 없는 비극적인 생애를 마친 귀족여성이라고 할 수가 있다. 아버지의 장례식이 어머니와 삼촌의 결혼식이 되고 아버지의 원수를 갚기 위해서는 어머니의 남편이자 숙부인 현왕(클로디어스)을 죽여야만 했던 햄릿의 과제 앞에서, 그의 약혼녀인 오필리아 따위가 두 눈에 들어올 리가 없었던 것이다. 그 어느 누구보다도 아름답고 뛰어난 재색미모를 지녔으면서도 사랑하는 햄릿 왕자로터 버림을 받은 오필리아, 아버지인 플로니어스를 그의 숙부인 클로디어스 왕으로 착각을 한 햄릿에게 살해를 당한 이후, 정신을 잃은 미치광이가 되어 강물에 빠져 죽은 오필리아 ―. 극과 극은 통한다는 말이 있듯이, 너무나도 아름답고 뛰어난 오필리아의 비극적인 죽음은 그러나, 오히려, 거꾸로 수많은 예술가들의 예술의 주제가 되고, 아직도 이처럼 박영화 시인의 「오필리아를 위한 파반느」로 탄생을 하고 있는 것이다.

비는 처서를 적시고 처서는 바람을 몰고 온다. 오필리아가 손에 꽃을 꺾고 들어간 연못 속에는 꽃잎이 안녕처럼 피어나고, 이루어질 수 없는 사랑, 즉, 버림받은 사랑은 "꽃의 혓바닥"처럼 "달콤하다." 처서는 로맨스의 계절인 여름이 끝나고 비극의 계절인 가을이 왔다는 것을 뜻하고, "저기 연못 속/ 꽃잎은 안녕처럼 피어나고"는 오필리아가 그녀의 몸을 던졌다는 것을 뜻한다. 낚시꾼에게는 언제, 어느 때나 다 잡았다가 놓친 물고기가 가장 크고, 바둑의 명인에게는 언제, 어느 때나 단 한 번의 착각으로 다 이긴 승리를 놓친 것이 아쉽듯이, 이처럼 오필리아는 이 세상에서 가장 사랑스러운 '청순 가련형'의 주인공이 되고 있다고 해도 지나친 말이 아니다. 강가의 버드나무는 버림받은 사랑이 되고, 쐐기풀은 고통을 의미하게 된다. 데이지는 순수를, 팬지는 허무한 사랑이 되고, 제비꽃은 충절을 암시한다. 양귀비의 붉은 색은 죽음을 의미하고, 이 청순 가련한 여인은 존 에버렛 밀레이(1829-1896)의 그림, 즉, 「오필리아」의 초상이라고 할 수가 있다.

"이별은 짧고/ 흔들리는 오후 네 시", "진홍빛 감잎 한 장/ 지키지 못할 약속에 화르르 마음 내려놓는다." "꽃에 누워, 홀로 누워/ 어느 인연의 길 붉게 물들인다."

"배롱꽃 유서인 양 몸을 날린다." 박영화 시인의 「오필
리아를 위한 파반느」는 참으로 아름답고 뛰어난 동양적 변
주의 백미라고 하지 않을 수가 없다. 꽃 속에서 태어나 꽃
속에 누워, 붉디 붉은 배롱꽃 유서를 남기고 죽어간 오필
리아의 최후의 전언은 도대체 무엇이란 말인가? "사느냐,
죽느냐? 이것이 문제로다"라는 햄릿의 명제보다도 이룰 수
없는 사랑의 회한이 더 컸을 것이고, 그 결과, 사랑하는 햄
릿과 함께 그들의 후손을 남기지 못한 회한이 더 컸을 것이
다.

그렇다. 이 세상에 태어나 꽃을 피우고 후손을 남기지
못한 죄보다 더 큰 죄는 없을 것이다.

박영화 시인은 상징과 은유가 뛰어나고, 그 '인식의 힘'
이 천년 바위를 꿰뚫는 힘을 지녔다. 언어는 온 천하를 다
담는 만화경이 되어야 하고, 그 힘은 어떤 조각가의 칼보
다도 더 날카롭고 예리해야 한다.

모든 명시는 '시서화의 진수'이기 때문이다.

김 은 정

짐바브웨 코끼리의 아빠 찾기

아빠를 찾아 야생의 잠베지 강에 왔는데 여전히 아빠는
없었어요

없어서 혼자 터벅터벅 걷다가 파란 물웅덩이에 빠지고
진흙을 뒹굴다 악어한테 쫓기고 뱀을 만나 숨마저 빼앗기고

그렇지만 내 길은 언제나 아빠에게 물가로 이어진다는
빅토리아 폭포 소리가 또 들려왔어요

그 재주로 붉은 아까시나무 꼬투리열매를 따 먹고 다시
수천 년을 걸었나요?

신출내기 치타와 하이에나 고슴도치가 불쑥불쑥 튀어나
와 춤추는 그 길에서 도무지 믿을 수 없는 새의 무덤 앞에
서 울기도 했나요? 사자의 포효에 두려워 떨기도 했나요?

>

협곡의 물안개 사이로 아빠의 증거 같은 무지개가 떠올라요 그 끝에 피어난 흰 꽃을 찾아 다시 룬데강으로 걸어요

걷고 또 걷지만, 거기에도 아빠가 없다는 것 아빠 자궁 속을 먼지처럼 둥둥 떠다니고 있다는 것과 바람 불 때마다 마주치고 있잖아요

아빠의 딸로 태어나 아빠의 품에 안길 때까지 이 여정이 끝나지 않는다는 것도 그리고 나를 앞질러 가는 아빠의 시간에 대해서도

믿음뿐인 이 여정에서

모든 종교에는 세 가지의 사회적인 기능이 있다. 첫 번째는 우리 인간들의 희망과 소원에 맞닿아 있고, 이 제의적 기능은 내세의 천국이나 극락의 세계에 맞닿아 있다. 두 번째는 우리 인간들의 삶의 지혜를 창출해낼 수 있는 교육적 기능에 맞닿아 있고, 우리 인간들은 이 교육적 기능을 통해서 최고급의 인식의 제전(사상과 이론의 정립)을 펼치게 된다. 마지막으로 세 번째는 우리 모두가 다같이 노래를 부르고 춤을 출 수 있는 축제적 기능에 맞닿아 있고, 우리 인간들은 이 축제적 기능을 통해서 모두가 다같이 '일심동체'라는 공동체 의식을 발전시켜 나간다.

김은정 시인의 「짐바브웨 코끼리의 아빠 찾기」는 '상승주의 미학'의 극치이며, 짐바브웨 코끼리의 딸인 시적 화자가 아빠를 찾는다는 것은 수천 년의 시간과 역사를 지닌 대서사시적인 노래라고 할 수가 있다. 동화적 상상력은 어린 딸인 시적 화자의 언어 속에 나타나고, 신화적 상상력은 이 세상 그 어디에도 존재하지 않는 아빠를 찾는 수천 년의 시간과 역사 속에 나타난다. 김은정 시인의 「짐바브웨 코끼리의 아빠 찾기」는 문자 이전의 노래에 속하며, 따라서 김은정 시인은 "아빠를 찾아 야생의 잠베지강에 왔는데 여전히 아빠는 없었어요"라는 구어체의 시구들로 그 시적 이야기를 전개시켜 나간다.

만일, 그렇다면 아빠란 누구이며, 도대체 왜, 아빠 찾기이며, "그 재주로 붉은 아까시나무 꼬투리열매를 따 먹고 다시 수천 년을 걸었나요?"라는 시구에서처럼, 아빠 찾기의 여정은 그토록 멀고 험난하기만 한 것일까? 아빠란 생물학적으로 어린아이의 아버지이지만, 그러나 이 어린아이의 아버지는 역사 철학적으로 어린아이의 보호자라고 할 수가 있다. 어린아이는 나약하기 때문에 보호자가 필요하고, 따라서 아버지라는 존재는 더없이 승화되어 신적인 존재가 된다. 브라만, 야훼, 제우스 등이 그것을 말해주고, 부처, 예수, 알라 등이 또한, 그것을 말해준다. 아버지는 전 인류의 아버지이자 스승이고 최후의 심판관이며, 우리 인간들은 이 아버지가 없으면 존재할 수 없는 나약한 존재에 지나지 않는다. 모든 신들은 아버지가 성화된 존재에 지나지 않으며, 김은정 시인의 「짐바브웨 코끼리의 아빠 찾기」
는 이 세상 그 어디에도 없는 아빠를 찾아가는 '존재론적
모험'을 노래한 시라고 할 수가 있다.

전 인류의 아버지이자 스승이며 최후의 심판관인 아버
지는 이 세상에 존재하지 않지만, 그러나 반드시 존재해야
만 하고, 따라서 "아빠의 딸로 태어나 아빠의 품에 안길 때
까지 이 여정은 끝나지" 않게 된다. 이 세상에 존재하지 않
기 때문에 전지전능한 아빠의 존재를 믿어야 하고, 아빠의
존재를 믿어 의심하지 않기 때문에 '상승주의 미학' 속에서
그 모든 인식론적 장애물과 난관들을 다 극복하고 자기 자
신을 높이 높이 끌어올리게 된다. 아빠 찾기는 자아 찾기
이며, 자아 찾기는 자기 스스로 아빠가 되고, 전 인류를 구
원할 수 있는 신이 되는 것이다. 레오나르도 다빈치의 그
림 속의 신도 그의 분신에 지나지 않으며, 미켈란젤로의
그림 속의 신도 그의 분신에 지나지 않는다. 베토벤의 음
악 속의 신도 그의 분신에 지나지 않으며, 호머의 대서사
시 속의 신들도 그의 분신에 지나지 않는다. 요컨대 부처
는 없고 중만이 있으며, 예수는 없고 목사만 있는 것과도
같은 것이다.

아빠 찾기는 자아 찾기이며, 자아 찾기는 자기 스스로

인간의 탈을 벗어버리고 전 인류를 구원할 수 있는 신이 되는 것이다. 따라서 짐바브웨의 어린 코끼리는 이 세상에서 가장 무거운 짐을 지고 야생의 잠베지강을 건너고, "혼자 터벅터벅 걷다가 파란 물웅덩이에 빠지고 진흙을 뒹굴다 악어한테 쫓기고 뱀을 만나 숨마저도 빼앗"긴다. "빅토리아 폭포"를 지나 "그 재주로 붉은 아까시나무 꼬투리열매를 따 먹고 다시 수천 년을 걸었"고, "신출내기 치타와 하이에나와 고슴도치가 불쑥불쑥 튀어나와 춤추는 그 길에서 도무지 믿을 수 없는 새의 무덤 앞에서 울기도" 했던 것이다. 사자의 포효 소리에 두려워 떨기도 했지만, 이 모든 악전고투 끝에 "협곡의 물안개 사이로 아빠의 증거 같은 무지개"를 보았지만, 이 세상 그 어디에도 아빠는 없었던 것이다. "걷고 또 걷지만, 거기에도 아빠가 없다는 것, 아빠 자궁 속을 먼지처럼 둥둥 떠다니"지만, 그러나 "아빠의 딸로 태어나 아빠의 품에 안길 때까지 이 여정이 끝나지 않는다는" '아빠 찾기'는 어린 딸아이의 동화적 주제에서 이제는 김은정 시인의 '신화적 주제'로 수직 상승하게 되었다는 것을 말해준다.

김은정 시인의 「짐바브웨 코끼리의 아빠 찾기」는 동화적 상상력에 기초한 우화이기 때문에 더없이 밝고 명랑해

보이지만, 그러나 그 '아빠 찾기'가 단순한 생물학적인 아빠 찾기가 아니라 인간 존재의 본질을 찾는 과정이기 때문에 역사 철학적이고도 신화적인 상상력으로 그 깊이를 더하게 된다. 「짐바브웨 코끼리의 아빠 찾기」는 야생의 잠베지강에서 천하제일의 빅토리아 폭포까지, 천하제일의 빅토리아 폭포에서 룬데강까지 그 무대배경도 장중하고 화려하며, 잠베지강, 악어, 치타, 하이에나, 고슴도치, 사자 등의 등장인물도 다양하고, 상징과 은유 속의 이야기와 그 반전 속에, 수천 년의 시간과 역사적 전통을 전개시킨 대서사시적인 노래라고 할 수가 있다.

김은정 시인의 「짐바브웨 코끼리의 아빠 찾기」는 '미래의 나'를 찾는 존재론적 모험이며, 미래의 '나'는 존재의 탈을 벗고 전 인류를 구원할 수 있는 신이 되는 것이라고 할 수가 있다. 아빠는 잠베지강에도 없고, 빅토리아 폭포 속에도 없다. 아빠는 아빠의 증거같은 무지개 속에도 없고, 룬데강 속에도 없다. 아빠는 무지개이고 환영이지만, 그러나 우리 인간들의 이상과 믿음 속에 영원히 존재한다. 아빠는 동화 속에도 존재하고, 아빠는 신화 속에도 존재한다. 아빠는 시와 예술 속에도 존재하고, 아빠는 정치와 경제 속에도 존재한다. 모든 아빠 찾기는 '미래의 나'인 아빠 찾기이며, '미래의 나'인 아빠는 두 아이를 낳으면서 영원불멸의 삶을 살아가게 된다. 첫 번째 아이는 생물학적인 아이(후손)이고, 두 번째 아이는 정신적(철학적)인 지혜이다. 새로운 시대는 새로운 인간의 시대가 되지 않으면 안 되고, 새로운 인간의 시대는 새로운 사상과 이론의 드라마가 펼쳐지는 시대가 되지 않으면 안 된다.

아빠 찾기는 '미래의 나'를 낳고, '미래의 나'는 육체적인 아이와 정신적인 아이를 낳으며 영원불멸의 삶을 살아간다.

아빠 찾기는 전지전능한 신이 되기 위한 '입문의례과정'이며, 이 세상의 최고급의 예술은 '상승주의 미학'에 기초해 있다고 할 수가 있는 것이다.

권 기 선

천사는 사랑이 그리워 우리 집에 온다

의도한 방향으로 상처는 사랑을 무너뜨린다. 키 큰 자작
나무 한 그루가 집과 바짝 붙어 자란다, 그게 싫어 집을 나
갔다던 친구를

의도라도 한 것처럼 식당에서 만났다. 가로수 한 그루가
출입문 반쪽을 막아선 곳

이글거리는 불판을 보면서도 우리는 취해서
큰 사람이 될 수 있을까 성공할 수 있을까

난쟁이 가문비나무 같은 말만 긴 호흡으로 내뱉는다.

키 큰 자작나무가 싫어 집을 나왔다는 친구는 자취방에
들인 자작나무 트리를 자랑하고 그게 아니라 실은 아버지
와 다투다 집을 나왔다는 친구는 아버지를 걱정하고

＞

사랑은 상처를 가장 효과적으로 붙잡아 두는 물질이다. 의도한 것처럼 닮아가는 사람을 우리는 가족이라 한다,

가족이 아니고 가난이 닮아간다고 반박하는 친구의 말을 들으며 나는 식당의 창가에 놓인 가문비나무를 본다.

고깃집의 화마를 피해 창 쪽으로 무성하게만 자란 잎이다, 그게 싫었는지 주인은 화분을 돌려놓았고

자작나무의 흰 줄기가 자꾸만 방으로 들어왔다는 친구의 말도 그렇고 사방으로 곧게 제작된 모조의 자작나무 트리도 그렇고

의도한 방향으로 뻗는 상처와 사랑에 대해 나는 자꾸만 의미를 부여하다 돌아온 날이었다.

어느 날
자작나무 숲을 걷다, 흰색 줄기를 길게 뻗은 나무 한 그루가

\>

천사의 모습 같기도 하고

사이의 햇빛이 사랑 같기도 했던 날뿐이었다.

권기선 시인의 「천사는 사랑이 그리워 우리 집에 온다」라는 시를 읽으며, 잠시 정치란 무엇인가를 생각해 보았다. 가정은 가장 기초적인 정치집단이며, 아버지의 통치술에 따라서 그 구성원들의 운명이 좌우될 수밖에 없다. 아버지가 늘, 항상, 모든 일에 솔선수범하며 경제적으로 여유가 있다면 그 구성원들은 행복할 것이고, 아버지가 그 모든 일에 모범을 보이지 못하고 경제적으로 궁핍하다면 그 구성원들은 행복하지 못할 것이다. 사랑은 사람들을 불러모으고, 미움은 사람들을 떠나가게 만든다. 어떤 국가, 어떤 조직, 어떤 가정도 완벽한 사랑과 완벽한 행복을 제공할 수는 없으며, 대부분의 인간들은 따라서 사랑과 미움 속에서 방황을 하게 된다. 천사는 방황하는 천사이고, 우리 집은 사랑이 싹트는 장소이다. 아버지를 잘못 만난 천사, 지긋지긋한 가난이 싫어 집을 나온 천사—, 그러나 이 천사는 "키 큰 자작나무가 싫어 집을" 나온 친구이고, "아버지와 다투다 집을" 나온 친구에 지나지 않는다. 천사의 이면은 악마가 되고, 악마의 이면은 천사가 된다. "키 큰 자작나무가 싫어 집을 나왔다는 친구는 자취방에 들인 자작나무 트리를 자랑하고", "아버지와 다투다 집을 나왔다는 친구는 아버지를 걱정"한다. 사랑은 미움이 되고, 미움은 사랑이 되며, 이 대립과 갈등의 긴장관계 속에서 변증법적인 기적이 일어나게 된다.

정치는 철학이고, 철학은 과학이다. 과학은 경제이고, 경제는 예술이다. 정치란 사상의 꽃이자 과학의 꽃이고, 정치란 경제의 꽃이자 예술의 꽃이다. 가난마저도 정신의 풍요로움으로 변모되고, 부유함마저도 나눔의 실천으로 승화시킨다. 미움마저도 사랑으로 승화시키고, 그 어떠한 악마들마저도 사랑이 싹트는 집으로 불러 들인다. 사랑은 상처(미움)를 낳고, 상처(미움)는 사랑의 꽃을 피운다.

권기선 시인의 「천사는 사랑이 그리워 우리 집에 온다」는 '사랑의 정치학'이며, 아버지와 다투고 집을 나간 악마마저도 천사로 변모시킨다. 자작나무를 싫어하다가 자작나무를 사랑하게 되고, 아버지와 다투다가 아버지를 사랑하게 된다. 우리 집은 키 큰 자작나무가 자라고, 그 키 큰 자작나무 같은 아버지가 살고 있다.

어느 날 자작나무 숲의 키 큰 자작나무는 천사와도 같았고, 그 자작나무 숲의 햇빛은 더욱더 너그럽고 자비로운 사랑과도 같았다.

우리 집은 시인의 집이고, 천사들이 사는 곳이고, 이 세상에서 가장 아름다운 사랑이 싹트는 곳이다.

이 병 일

악기 도서관

해 지는 순간에 나가서 해 뜨는 순간에 돌아오는 무역선이 있었다. 어느 섣달 서양악기를 가득 싣고 북해를 빠져 나오고 있었다. 빗방울이 점점 얼어붙더니 바다와 눈보라는 엇갈린 빙하로 벽을 세웠다. 더 이상 배는 앞으로 나아가지 못했다. 선원들은 악기를 태워 불을 피우자고 했다. 하룻밤 사이 발가락과 손가락이 새까맣게 타오르고 있었다. 가장 차가운 불에 덴 것이다. 오므라들고 오그라드는 얼음구멍 속에서 바다표범이 얼굴을 비추는 밤, 오로라만이 땅거죽을 밀어 올리는 봄을 불러온다고 말했다. 소년은 낮에 본 어떤 악기가 떠올랐던 것이다. 꽁꽁 헝겊으로 감싸놓은 것을 풀어헤치고 침발롬*을 두드리기 시작했다. 신왕에게 바쳐질 악기였지만, 소년은 궁전에 가닿기 전에 얼어 죽을 순 없다고 가느다랗고 질긴 자작 나뭇가지로 선율을 켜기 시작했다. 눈을 꼭 감은 채로 불의 깃털을 가진 음표들이 북극성에 가닿자 별자리가 흐르르 녹아내리고 있었다. 북두에서 튕겨나간 빛이 빙판에 금을 내자 일각고 래 한 무리가 흰빛을 뱉어냈다. 아무도 알지 못했고 아무도 듣지 못했던 음악이 목마른 것에 푸른빛을 내주었다. 흰빛과 붉은빛과 푸른빛이 뱃길 사이로 난 길을 보여주었다. 뼈와 관절 가진 것이 되살아나 한바탕 춤을 추었다. 진물과 피 냄새와 새까맣게 물든 상처가 신들의 땅으로 들어가는 문이었다. 새의 부리에서 나오는 휘파람소리가 신들이 주고받은 술잔이었지만 소년은 아직도 무척 추울 것이라고 생각하면서 연주를 멈추지 않았다. 살갗에 닿는 공기가 한층 부드러워지자 소년은 해가 부지런히 구름떼를 몰아가라고 마지막 악장을 헤고 있었다. 이윽고 소년의 흥과 운명은 뒷문 덜커덩하는 소리와 함께 멈췄다. 눈을 뜨자소년은 해빙 같은 꿈에서 빠져나온 듯 도대체 내가 왜 이렇게 침을 흘리고 있는 거야? 여기가 어디지? 물었지만 아무도 대답하지 않았다. 아니 대답할 수가 없었다. 소년은악기 없는 난파선에서 책에 몸을 파묻고 있었다. 빳빳하게박힌 책의 표지들이 소년을 바라보고 있었다. 훗날 소리의뼈가 이곳에서 채굴되었다.

* 헝가리의 민속악기.

이병일 시인의 「악기 도서관」은 '이 세상의 난파선'에서 그 어려움을 극복하고 새로운 삶을 살고 싶다는 소망을 노래한 시라고 할 수가 있다. 삶의 바다는 북극해이고, "어느 섣달 서양악기를 가득 싣고" 북극해를 빠져나올 때 빗방울이 얼어붙고 바다마저도 빙하로 얼어버렸던 것이다. 서양악기를 가득 실은 무역선은 앞으로 나아갈 수도, 뒤로 물러설 수도 없는 진퇴양난의 위험에 빠졌던 것이다. 선원들은 악기를 태워 불을 피우자고 했고, 하룻밤 사이에 손가락과 발가락이 새까맣게 타오르고 있었다. 가장 차가운 불에 덴 것은 모두들 다같이 동상에 걸린 것을 말하며, "얼음 구멍 속에서 바다표범이 얼굴을 비추는 밤", "오로라만이 땅거죽을 밀어 올리는 봄을 불러온다고" 말했던 것이다. 오로라는 대전입자(플라스마)가 지구 대기의 공기 분자와 충돌하면서 다채로운 빛을 발생시키는 현상을 말하지만, 그러나 '이 세상의 난파선'에서는 유일무이한 구원의 빛이

자 그 모든 것이라고 할 수가 있다.

　일찍이 쇼펜하우어는 "의지는 현弦이고, 어긋남 내지 방해하는 진동이다. 인식은 공명판共鳴板이고, 고통은 그 소리다"라고 역설한 적이 있었다. 이병일 시인의 「악기 도서관」은 그의 삶의 의지가 '헝가리의 민속악기'인 '침발롬'을 두드리며, 그 위기를 타개해 보려는 '희망의 찬가'라고 할 수가 있다. 헝가리의 민속악기인 침발롬은 신왕에게 바쳐질 악기였지만, 소년은 궁전에 가닿기 전에 얼어 죽을 수 없다고 가느다랗게 질긴 자작 나뭇가지로 선율을 켜기 시작했다. "눈을 꼭 감은 채로 불의 깃털을 가진 음표들이 북극성에 가닿자 별자리가 흐르르 녹아내리고 있었다. 북두에서 튕겨나간 빛이 빙판에 금을 내자 일각고래 한 무리가 흰빛을 뱉어냈다. 아무도 알지 못했고 아무도 듣지 못했던 음악이 목마른 것에 푸른빛을 내주었다. 흰빛과 붉은빛과 푸른빛이 뱃길 사이로 난 길을 보여주었다. 뼈와 관절 가진 것이 되살아나 한바탕 춤을 추었다. 진물과 피 냄새와 새까맣게 물든 상처가 신들의 땅으로 들어가는 문이었다. 새의 부리에서 나오는 휘파람소리가 신들이 주고받은 술잔이었지만 소년은 아직도 무척 추울 것이라고 생각하면서 연주를 멈추지 않았다. 살갗에 닿는 공기가 한층 부드

러워지자 소년은 해가 부지런히 구름떼를 몰아가라고 마
지막 악장을 혜고 있었다." 서양악기를 가득 실은 무역선,
그 무역선원들의 꿈은 인간의 의지에 해당되고, 모든 것을
꽝꽝 얼어붙게 만드는 사나운 추위는 그 진동에 해당된다.
신들이 사는 땅은 인식의 공명판에 해당되고, 자작 나뭇가
지로 침발롬을 켜는 것은 그 어렵고 힘든 고통의 소리에
해당된다. 산다는 것은 북극해를 건너가는 것이고, 북극해
를 건너가는 것은 이상낙원을 찾아가는 것이고, 이상낙원
을 찾아가는 것은 우리 인간들의 고통을 연주하는 것이다.

　모든 시와 예술은 오로라와도 같은 푸른 빛이며, 그 희
망의 찬가라고 할 수가 있다. "흰빛과 붉은빛과 푸른빛이
뱃길 사이로 난 길을 보여"주는 동안, 수많은 뼈와 관절을
가진 것들이 되살아나 한바탕 춤을 추게 되고, 그 짧은 사
이―, 아주 짧은 사이, 우리들의 희망의 찬가도 끝나게 되
는 것이다. 불의 깃털을 가진 음표도 없고, 일각고래의 무
리도 없다. 오로라도 없고, 신들의 땅도 없다. 인간의 "흥
과 운명은 뒷문 덜커덩하는 소리와 함께" 멈췄고, 푸른 오
로라와도 같은 신들의 땅은 사라져가고 없었던 것이다.

　"여기가 어디지?"

　하지만, 그러나, 여기가 어디인지 아는 사람은 단 한 사

람도 없다. 이 세상의 삶은 악기 없는 난파선과도 같고, 이 악기 없는 난파선들에 대한 흔적만이 「악기 도서관」으로 남아 있는 것이다.

　이병일 시인의 「악기 도서관」은 북극해에 있고, 「악기 도서관」에는 이 세상의 고통으로 몸부림을 치다가 죽은 소리의 뼈들만이 가득 차 있다고 해도 과언이 아니다.

김 기 택

매몰지

풀이 땅에 구멍을 뚫고 있다
땅속에 숨통을 심고 있다

수백 개의 콧구멍이 흙덩어리 숨을 들이쉬다가 멈춰 있
는 곳 놀란 순간이 떨어지고 있는 흙으로 덮인 채 눈 뜨고
있는 곳 뒤틀리는 살덩어리와 흙 먹은 비명이 막힌 숨을
뚫고 나가려다 굳어있는 곳 필사적인 꿈틀거림이 두꺼운
살갗에 숨구멍을 뚫다가 부러져있는 곳 다 썩지 못한 가죽
과 팔다리가 검은 핏물과 악취 가스가 되어 땅속을 발버둥
으로 긁어대는 곳 한 삽 흙을 뜨면 두개골과 다리뼈가 뿌
리처럼 우두둑 뜯겨 나올 것 같은 곳 봄이 되면 땅속을 긁
는 발톱들 때문에 땅거죽에 소름이 돋는 곳 바람도 부스럼
이 생겨 가려운 등을 나무와 바위에 비벼대는 곳 진저리치
던 뿌리가 맹렬하게 말라 죽어 가는 곳

＞

풀이 썩은 어둠에 푸른 파이프를 박고

여린 숨을 퍼 올리고 있다

김기택 시인의 「매몰지」는 현대 자본주의 사회의 음화이며, 반생명적인 죽음의 땅을 '풀의 생명력'으로 되살리는 과정을 노래한 시라고 할 수가 있다. 여기도 쓰레기이고, 저기도 쓰레기이며, 지구촌 전체가 일테면, 생활용품과 산업폐기물과 음식물 쓰레기들로 넘쳐나고 있다고 할 수가 있다. "수백 개의 콧구멍이 흙덩어리 숨을 들이쉬다가 멈춰 있는 곳"이고, "뒤틀리는 살덩어리와 흙 먹은 비명이 막힌 숨을 뚫고 나가려다 굳어있는 곳"이다. "썩지 못한 가죽과 팔다리가 검은 핏물과 악취 가스가 되어 땅속을 발버둥으로 긁어대는 곳"이고, "한 삽 흙을 뜨면 두개골과 다리뼈가 뿌리처럼 우두둑 뜯겨 나올 것 같은 곳"이다. "봄이 되면 땅속을 긁는 발톱들 때문에 땅거죽에 소름이 돋는 곳"이고, "바람도 부스럼이 생겨 가려운 등을 나무와 바위에 비벼대는 곳"이다.

자연이 팔과 다리를 잘린 채 신음을 하고 있고, 풀과 나무들이 식음을 전폐한 채 몸살을 앓고 누워 있다. 물이 끓어 오르고, 가스가 폭발하고, 이글이글 활화산이 타오른다. 과연 어느 누가 이 성스러운 자연을, 모든 만물의 터전인 대자연을 이처럼 더럽고 추하게 오염시켜 놓았단 말인가? 소떼들인가, 호랑이들인가? 늑대인가, 나무들인가? 개미인가, 벌과 나비떼들인가? 대답하라, 대답하라! 만물의 영장이란 우리 인간들은 이 더럽고 추한 매립지의 참상에 더 이상 할 말이 없을 것이다.

풀이 땅에 구멍을 뚫고, 땅속에 숨통을 심고 있다. 풀이 썩은 어둠에 푸른 파이프를 박고, 어린 숨을 퍼 올리고 있다. 풀은 성자이며, 모든 기적의 연출자이다. 진저리치던 뿌리가 맹렬하게 말라 죽어가는 곳에다가 매립지의 숨통을 뚫고, 또, 뚫으며, 끝끝내는 그 매립지를 만물의 터전으로 되살려 놓는다.

김기택 시인은 풀이며, 성자이고, 기적의 연출자이다. 불모의 땅—죽음의 땅을 극사실적으로 묘사하면서도 그곳의 참상을 자연과학적, 혹은 역사 철학적인 지식으로 밝혀내고, 그 불모의 땅—죽음의 땅을 푸르고 푸른 동산으로 살려 놓는다.

김기택 시인의 언어는 풀씨이고, 풀이며, 그 고귀함과 거룩함으로 시의 열매를 맺는다.

강 정 이

바퀴들에 대하여

주차장에서 바퀴들이
감아온 길들을 풀고 있다
어떤 바퀴는 지쳐보이고
어떤 것에서는 풀냄새가 난다

장애자 봉사 다녀온 길
시어머니 요양병원 다녀온 길
고단한 바닷길을 풀고 있다

워커힐 단풍길 걷던 그녀와의 애틋함을
거꾸로 돌려보는 바퀴

바퀴들에 감겨 온 길들
밤새워 수런댄다
귀뚜라미 소리도 들린다

>

새벽이다

바퀴들은 오늘을 달릴 것이다
햇살이 그렇게 흘러들 것이고
탑이 그렇게 생길 것이다

높게 높게 바퀴들을 쌓아 올린다
아래서 위로 위에서 아래로
바퀴들이 꿈을 꾼다

주차장은
저 숱한 길들이
순하게 풀려주길 비는 듯
숨을 고른다

기나긴 겨울이 다 지나간 듯 봄비가 쏟아지고, 곧 매화와 진달래와 개나리와 벚꽃들의 꽃소식이 들려올 것도 같다. 세월의 바퀴는 변함이 없고, 하루바삐 세계적인 대유행병 코로나를 퇴치하고 희망의 새싹들이 봄꽃처럼 활짝 피어났으면 한다.

세월은 바퀴이고 운명이며, 우리는 모두가 다같이 저마다의 행복을 연주한다. 대선에서 패배한 자의 바퀴는 너무나도 지쳐 보이고, 머나먼 남쪽 나라에서 꽃소식을 갖고 온 자의 바퀴에서는 풀냄새가 난다

수많은 장애자들을 위해 봉사를 다녀온 바퀴도 있고, 시어머니가 입원해 있는 요양병원을 다녀온 바퀴도 있다. 그 옛날 "워커힐 단풍길 걷던 그녀와의 애틋함을/ 거꾸로 돌려보는 바퀴"도 있고, "밤새워" "귀뚜라미"처럼 저마다 다녀온 길을 수런대는 바퀴도 있다. 황금왕관에는 영원한 기쁨이 있다고 사생결단식의 권력투쟁에 나섰던 바퀴도 있

고, 수많은 간신모리배들의 중상모략과 이전투구에 환멸을 느껴 초근목피로 연명하는 바퀴도 있다. 권력은 짧고 물리학은 영원하다던 아인시타인의 바퀴도 있고, 자기 자신의 사상의 왕국을 위하여 대학교수의 길을 마다했던 데카르트의 바퀴도 있다. 자기 자신의 몸과 마음을 다 바쳐 현모양처의 길을 걸어갔던 어머니의 바퀴도 있고, 사랑하는 부모형제와 아내와 처자식들을 위하여 더없이 슬프고 비겁한 자의 길을 가야만 했던 바퀴도 있다. 사랑하는 아들의 결혼식에 다녀온 홀어머니의 바퀴도 있고, 느닷없이 독사에 물린 듯한 해고 소식에 머나먼 길을 다녀온 바퀴도 있다.

바퀴는 생명이고 삶이고, 바퀴는 운동이고 결코 멈추지 않는다. 바퀴는 개성이고 자유이고, 바퀴는 행복이고 평화이며, 우리 인간들은 이 바퀴를 위해서 살고, 이 바퀴를 위해서 죽는다. 수많은 바퀴들은 저마다의 운명과 그 목표에 따라서 오늘도 달릴 것이고, 내일도 달릴 것이다. 쉽고 편안한 길도 있을 것이고, 온 산천을 구경하며 저절로 시와 콧노래가 흘러나오는 길도 있을 것이다. 차마고도와도 같은 어렵고 힘든 길도 있을 것이고, 온갖 진흙께 자살뿐인 '길 아닌 길'도 있을 것이다.

삶은 바퀴이고, 우리들은 높게 높게 바퀴들을 쌓아 올린다. 우리들도 꿈을 꾸고, 바퀴들도 "아래서 위로 위에서 아래로" 꿈을 꾼다. 이집트에서 노예생활을 하고 있는 이스라엘 민족을 구원해냈던 모세, 영원한 숙적인 영국으로부터 프랑스의 승리를 이끌어냈던 잔 다르크, 제2차 세계대전의 전범국가로서 독일통일을 이룩하고 오늘날의 유럽을 지배하고 있는 독일인들, 서세동점西勢東漸의 아픔을 극복하고 영원한 제국을 꿈꾸고 있는 중국인들, 한자문화에 맞서서 세계 최초로 한글을 창제하고 오늘날의 한류문화의 효시가 되어준 세종대왕 등 ─. 이 고귀하고 위대한 영웅들의 바퀴는 꿈의 바퀴이며, 역사의 바퀴라고 할 수가 있다. 이 꿈의 바퀴이자 역사의 바퀴들이 오늘도, 내일도, 달리고, 또 달리다가 너무나도 피곤하고 지치면, 잠시 주차장에 멈춰 숨을 고른다.

　강정이 시인의 「바퀴들에 대하여」는 '바퀴의 철학'이며, 우리 인간들의 삶 자체가 바퀴의 역사라는 것을 증명해준다. 강정이 시인의 「바퀴들에 대하여」는 그의 삶의 체험과 그 지식이 담겨 있고, '부분에서 전체로, 전체에서 부분'을 아우르는 종합적인 시선이 각인되어 있다. 강정이 시인은 우리들의 마비된 의식과 잠을 일깨우며, 우리들의 꿈과 희

망을 싣고 갈 바퀴들을 끊임없이 미화하고 찬양한다. 아름
다움은 장대하고 크고, 아름다움은 완전하고 이 '무결점의
총체'로서 만인들의 심금을 울릴 수 있는 서정시로 울려 퍼
진다.

강정이 시인의 서정시는 바퀴이고, 우리와 늘 함께 있
다. 우리는 모두가 다같이 이 아름다운 시(「바퀴들에 대하
여」)와 함께 살고 있는 것이다.

윤 성 관

피 바람

벼와 피는

한 핏줄이지만 다른 길을 걸었다

문文을 숭상하는 벼가

골방에서 책만 읽고 큰 나라를 떠받드느라

고개 숙이는 습성이 몸에 배는 동안

상무尙武정신이 투철한 피는

해충을 막아내고 영토를 넓히면서

얼굴이 검붉게 물들어 갔다

벼가 기름기 좌르르한 하얀 속살로

양반의 입맛을 사로잡을 때

애민愛民의 피가 뼛속까지 흐르는 피는

나락으로 굶주린 백성을 살렸다

영문을 모른 채

피의 나락은 나락那落으로 떨어졌다
벼에 붙어사는 것을 들키는 순간, 한바탕
피바람이 인다

피는 목숨을 구걸하지 않는다
제 수명만큼만 살며 나락을 보시하는 것이
피의 바람이다

피는 벼과에 속한 한해살이풀이며, 그 열매는 조와 비슷하지만, 조보다는 엉성하고 암황갈색을 띤다고 할 수가 있다. 원산지는 인도로 추정되며, 매우 나쁜 환경에서도 잘 자라기 때문에 옛날부터 구황작물로 재배되어 왔다고 한다. 벼가 자라기 힘든 산간지방이나 냉수답에서도 잘 자라고, 생육초기를 제외하고는 한발에도 강하고, 표고 1,500미터까지 재배가 가능하다고 한다. 피는 단백질과 지방질과 비타민 등이 많이 함유되어 있어 영양가는 쌀과 보리에 떨어지지 않지만, 그 맛이 없기 때문에 오늘날에는 사료작물이나 새의 먹이로 일부지역에서만 재배되고 있다고 한다. 오늘날 피는 곡물로 사용할 수 없는 잡초에 지나지 않으며, '피사리'는 벼의 생장을 방해하는 '피'를 뽑아버리는 행위를 뜻한다.

벼와 피는 한 핏줄이지만, 서로가 서로를 인정하고 화해할 수 없는 무서운 원수형제와도 같다고 할 수가 있다. 벼는 명문대가집의 적자와도 같고, 피는 명문대가집의 서자와도 같다. 벼와 피가 태어난 곳은 조선반도이기 때문에, "문文을 숭상하는 벼가/ 골방에서 책만 읽고 큰 나라를 떠받드느라/ 고개 숙이는 습성이 몸에 배는 동안" "상무尙武 정신이 투철한 피는/ 해충을 막아내고 영토를 넓히면서/ 얼굴이 검붉게 물들어" 갔던 것이다. "벼가 기름기 좌르르한 하얀 속살로/ 양반의 입맛을 사로잡을 때" "애민愛民의 피가 뼛속까지 흐르는 피는/ 나락으로 굶주린 백성들을 살려"냈던 것이다. 벼는 명문대가집의 적자답지 않게 큰 나라를 섬기는 사대주의자가 되고, 피는 명문대가집의 서자답지 않게 상무정신에 투철한 애국자가 된다. 벼는 사대주의자로서 출세를 하기 위해 양반의 입맛을 사로잡는 간신배가 되고, 피는 상무정신에 투철한 선민으로서 "나락(벼)으로 굶주린 백성"들을 살리는 애국자가 된다. 벼와 피는 한나라—한민족의 후손들이기는 하지만, 벼는 지배하는 자가 되고, 피는 지배받는 자가 된다. 특히 어떤 국가가 약소국가이며 큰 나라를 섬기는 국가일 때는 대부분의 지배계급은 민족의 반역자가 되고, 이에 반하여 대부분의 피지배계급은 조국을 사랑하는 애국자가 된다. 벼는 큰 나라의 은총 아래 글을 배우고 호의호식好衣好食을 하지만, 그 모든 국가의 이익을 큰 나라에게 가져다가 바치고, 피는 이 민족의 반역자들의 개같은 학대를 참고 견디며, 그 "해충을 막아내고 영토를 넓히면서" "나락으로 굶주린 백성"들을 살려냈던 것이다. 하지만, 그러나, 어느날 갑자기 "영문을 모른 채/ 피의 나락은 나락那落으로 떨어"질 수밖에 없었는데, 왜냐하면 "벼에 붙어사는 것을 들키는 순간, 한바탕/ 피바람이" 일어났기 때문이었다. 피의 나락은 피의 열매를 뜻하고, "나락那落으로 떨어졌다"의 나락은 더 이상 벗어날 수 없는 절망적인 상황을 뜻한다. 피가 죄를 지은 것은 벼의 실정을 틈 타 상무정신에 투철한 애국자로서 '남부여대—유리걸식'의 국민들을 구원해냈기 때문인데, 왜냐하면 그것은 절대적인 지배체제를 전복시키려는 내란음모의 반역죄에 해당되기 때문이다. 피가 피일 수 있는 것은 벼의 말과 벼의 명령에 절대적으로 복종하고, 가능하면 벼의 눈에 띄지 않는 최하천민으로서 살아가는 것이지, 감히 벼의 곁에서 벼의 말과 명령에 따르지 않고 벼의 역할을 대신하는 것은 아니기 때문이다.

윤성관 시인의 「피 바람」은 벼과에 속한 '피의 운명'을 노래한 시이지만, 피의 삶에 얽힌 기구한 사연 때문에 무서운 잔인성이 배어 있는 시라고 할 수가 있다. 피의 바람은 자유와 평등과 사랑으로 선진국민의 삶을 살아가는 것이 겠지만, 그러나 이 선진국민의 꿈은 사대주의자에 불과한 '벼'에 의하여 '피의 바람'으로 끝나고 만다. 벼와 피는 한 나라―한민족의 후손들이라는 사실도 정확하고, 벼가 사 대주의에 찌든 양반이라는 비유도 탁월하고, 그 출신성분 에 반하여 상무정신에 투철한 피가 우리 민족들을 구원해 냈다는 비유도 대단히 탁월하다. 이 탁월함은 벼와 피를 주인과 노예, 또는 무서운 원수형제로 읽어낸 역사철학과 그 인식의 힘의 승리이고, 이 승리는 윤성관 시인의 언어 사용능력과 너무나도 정확하게 일치한다고 할 수가 있다. '피 바람'은 피의 바람(꿈)과 피비린내를 뜻하고, 제2연의 "나락으로 굶주린 백성을 살렸다"의 '나락'은 벼의 이삭을 뜻한다. 제3연의 '피의 나락'은 피의 이삭(열매)을 뜻하고, "나락으로 떨어졌다"의 나락那落은 지옥을 뜻한다. 피는 결 코 벼처럼 목숨을 구걸하지 않고 제 수명만큼만 살며 나 락(열매)으로 보시하는 것이 피의 바람(꿈)이라고 할 수가 있다.

피 바람은 임전무퇴의 상무정신이며, 명문대가집의 직 자로서 사대주의에 찌들고 사색당쟁만을 일 삼고 있는 민 족의 반역자들을 대청소하고 싶다는 바람과 맞닿아 있다고 할 수가 있다.

윤성관 시인의 「피 바람」은 자유와 평등과 사랑이고, 일 등국가와 일등국민의 꿈이고, 그 모든 외세와 민족의 반역 자들에 대한 '일도필살一刀必殺의 문체의 꿈'이라고 할 수가 있다.

시인의 언어는 너무나도 날카롭고 예리한 칼이고, 시인 의 몸은 일도필살의 칼집이라고 할 수가 있다.

반 경 환

1954년 충북 청주에서 태어났으며, 1988년 『한국문학』 신인상과 1989년 《중앙일보》 신춘문예로 등단했다. 반경환의 저서로는 『시와 시인』, 『행복의 깊이』 1, 2, 3, 4권, 『비판, 비판, 그리고 또 비판』 1, 2권, 『반경환 명시감상』 1, 2, 3, 4권, 『이 세상에서 가장 아름다운 명문장들』 1, 2권, 『반경환 명구산책』 1, 2, 3권이 있고, 『반경환 명언집』 1, 2권, 『쇼펜하우어』, 『니체』, 『사상의 꽃들』 1, 2, 3, 4, 5, 6, 7, 8, 9, 10, 11, 12, 13, 14권 등이 있다.

이 『사상의 꽃들』은 '반경환 명시감상'으로 기획된 것이지만, 보다 새롭고 좀 더 쉽게 수많은 독자들에게 다가가기 위한 포켓북이라고 할 수가 있다. 사상은 시의 씨앗이고, 시는 사상의 꽃이다. 그는 시를 철학의 관점에서 이해하고, 철학을 예술(시)의 관점에서 이해한다. 그의 글쓰기의 목표는 시와 철학의 행복한 만남을 통해서, 문학비평을 예술의 차원으로 끌어올리는 것이다. 따라서 반경환의 문학비평은 다만 문학비평이 아니라 철학예술이라고 할 수가 있는 것이다.

시는 행복한 꿈의 한 양식이며, 낙천주의를 양식화시킨 것이다.

이메일 : bankhw@hanmail.net

사상의 꽃들 14
반경환 명시감상 18

초판 1쇄	2023년 8월 15일
지은이	반경환
펴낸이	반송림
펴낸곳	도서출판 지혜
주 소	34624 대전광역시 동구 태전로 57, 2층 도서출판 지혜
전 화	042-625-1140
팩 스	042-627-1140
전자우편	eji@ji-hye.com
	ejisarang@hanmail.net
애지카페	cafe.daum.net/ejiliterature

ISBN   979-11-5728-513-6   02810
값   12,000원